COLLECTION FOLIO

Mircea Eliade

Le temps d'un centenaire

suivi de

Dayan

Traduit du roumain
par Alain Paruit

Gallimard

Titre original :

TINERETE FĀRĀ TINERETE

DAYAN

Écrivain français d'origine roumaine, né en 1907 à Bucarest, Mircea Eliade manifeste dès son jeune âge un grand intérêt pour la philosophie et l'histoire des religions. Il part vivre en Inde de 1928 à 1932, où il rédige plusieurs ouvrages sur le yoga. Puis il enseigne la philosophie des religions à l'Université de Bucarest de 1933 à 1940. Attaché culturel à Londres, puis à Lisbonne, il devient, en 1945, professeur à l'École des Hautes Études et commence à écrire directement en français (*Le mythe de l'éternel retour*, 1949). Il enseigne à la Sorbonne, puis dans diverses universités européennes où il développe ses idées originales sur les fondements des croyances primitives et leur perception dans le monde moderne. Il construit en même temps une œuvre romanesque imprégnée de ses expériences spirituelles. Titulaire de la chaire d'histoire des religions à l'Université de Chicago en 1957, il poursuit ses recherches sur les mythes et les mystères, et rédige ses Mémoires. Il est décédé le 23 avril 1986.

Le temps d'un centenaire

I

Il entendit sonner les cloches de la *Mitropolie* et se rappela alors que c'était la nuit de Pâques. Et soudain la pluie, cette pluie sous laquelle il marchait depuis qu'il était sorti de la gare et qui menaçait de devenir torrentielle, lui parut anormale. Il avançait d'un pas rapide sous l'abri de son parapluie, le dos rond, les yeux baissés, en essayant de ne pas se faire trop mouiller. Puis, sans même s'en rendre compte, il se mit à courir, le parapluie devant la poitrine, tel un bouclier. Mais il dut s'arrêter après une vingtaine de mètres, au feu rouge. Il attendait, nerveux, sautillait, se dressait sur la pointe des pieds, changeait de place, observait d'un œil consterné les flaques d'eau qui, à quelques pas de lui, couvraient une bonne partie du boulevard. L'œil rouge s'éteignit et, une seconde plus tard, l'explosion de la lumière blanche, incandescente, le secouait brutalement, l'aveuglait. Comme si un cyclone brûlant se déchaînait, de façon incompréhensible, au sommet de sa tête et l'aspirait. La foudre n'est pas tombée bien loin, se dit-il en clignant péniblement les yeux afin de décoller ses paupières. Il ne comprenait pas pourquoi il serrait si fort le manche de son parapluie. La pluie redoublait de violence, l'assaillait de toutes parts et pourtant il ne sentait rien. Il entendit à nouveau les cloches de la *Mitropolie* puis celles de toutes les autres églises et, très près, un carillon solitaire et désolé. J'ai eu peur ! pensa-t-il. Il grelottait. C'est à cause de l'eau, se dit-il quelques instants plus tard en s'apercevant qu'il était étendu par terre, dans le caniveau. Je suis en train de prendre froid...

Il entendit la même voix haletante, une voix d'homme effrayé :

– J'étais là quand la foudre l'a frappé. Je ne sais pas s'il est encore vivant. Je regardais justement de son côté, il était au bord du trottoir et je l'ai vu prendre feu de la tête aux pieds et tout s'est mis à brûler en même temps : son parapluie, son chapeau, ses vêtements. Sans la pluie, il aurait flambé comme une torche... Je ne sais pas s'il est encore vivant, répéta-t-il.

– Même s'il n'est pas mort, qu'est-ce qu'on va en faire ? demanda une voix lointaine, lasse et, lui sembla-t-il, amère. Qu'est-ce qu'il a bien pu faire au bon Dieu pour qu'Il le foudroie en pleine nuit de Pâques et juste derrière l'église ? Enfin, on verra bien ce que dira l'interne de service.

Il trouvait étrange de ne rien sentir, en fait de ne plus sentir son corps. La conversation qu'il venait de surprendre lui apprenait qu'on l'avait transporté. Mais comment ? Dans les bras, sur une civière, en voiture ? Il entendit bientôt une autre voix, tout aussi lointaine :

– Je ne crois pas qu'il ait la moindre chance de s'en tirer. Il n'a plus un seul centimètre de peau intacte. Je ne comprends même pas comment il peut encore vivre. Normalement...

Evidemment, tout le monde le sait : si l'on perd plus

de cinquante pour cent de son épiderme, on meurt par asphyxie... Mais il se rendit compte aussitôt qu'il était ridicule, et humiliant de surcroît, de répondre en pensée à ceux qui s'agitaient autour de lui. Il eût aimé ne pas les entendre, tout comme, les paupières closes, il ne les voyait pas. Au même instant il se retrouva très loin, heureux, comme il l'avait été alors. Et ensuite, que s'est-il encore passé ? demandait-elle sur un ton taquin. Quelle nouvelle tragédie ? Je n'ai pas dit « tragédie », précisait-il, et pourtant, dans un certain sens, c'en était une : être passionné de sciences, n'avoir qu'un désir : consacrer sa vie à la science... A laquelle, questionnait-elle, les mathématiques ou le chinois ? Eh bien, aux deux et à toutes celles que je découvrais les unes après les autres et qui me captivaient au fur et à mesure que je les découvrais... Elle l'interrompait à nouveau mais, en même temps, lui posait doucement la main sur le bras pour s'assurer qu'il ne se fâcherait pas : Les maths, je comprends, puisqu'il serait inutile d'insister si tu n'as pas la vocation. Mais le chinois ? Il éclatait de rire, sans bien savoir pourquoi, sans doute amusé par la façon dont elle avait dit : « Mais le chinois ? » Puis il reprenait : Je croyais t'en avoir parlé. Il y a deux ans et quelque, quand je suis allé à Paris, j'ai assisté à un cours de Chavannes et il m'a reçu ensuite dans son bureau. Il m'a demandé depuis combien de temps j'étudiais le chinois et quelles autres langues orientales je connaissais. Inutile de te résumer toute la conversation. Une seule chose est à retenir : j'en ai compris que, si je ne maîtrisais pas en quelques années – tu entends : *en quelques années !* –, outre le chinois, le sanscrit, le tibétain et le japonais, je ne deviendrais jamais un grand orientaliste... Mais tu aurais dû lui répondre que tu voulais apprendre *seulement* le chinois... C'est bien ce que je lui ai dit, mais sans réussir à le convaincre. Car, même dans ce cas-là, j'aurais dû étudier le japonais et toute une série de langues et de dialectes sud-asiatiques. Ce n'est d'ailleurs pas cela qui a compté : quand je lui ai dit que j'apprenais le chinois depuis cinq mois, il a écrit une vingtaine de caractères, m'a demandé de les lire un par un et ensuite de traduire tout le passage. J'en ai prononcé et traduit une partie, comme j'ai pu, mais pas tout. Chavannes a aimablement souri. « Pas trop mal, m'a-t-il dit. Mais au bout de cinq mois... Combien d'heures par jour ? » « Six au moins », ai-je répondu. « Alors, vous n'êtes pas fait pour le chinois. Vous n'avez sans doute pas la mémoire visuelle nécessaire. Mon cher monsieur, a-t-il poursuivi avec un sourire affectueux et ironique à la fois, pour maîtriser le chinois il faut posséder une mémoire de mandarin, une mémoire photographique. Si vous ne l'avez pas, vous serez obligé de fournir un effort quatre ou cinq fois supérieur. Je ne pense pas que ça en vaille la peine... » « Il s'agit donc, au fond, de mémoire ? » ai-je demandé. « D'une *mémoire photographique* », a-t-il précisé gravement, en soulignant les mots.

Il avait entendu à plusieurs reprises des bruits divers, la porte s'ouvrir et se refermer, quelques voix inconnues.

– On va voir ce que va dire le professeur. Quant à moi, je dois vous avouer bien franchement...

La même chose, encore la même chose ! Néanmoins, la voix lui plaisait. Ce devait être celle d'un jeune médecin, dégourdi, généreux et passionné par son métier.

– Sa peau est brûlée à cent pour cent et il survit malgré tout, depuis douze heures. Et, pour autant que nous puissions nous en rendre compte, il ne souffre pas. Vous lui avez fait faire une piqûre ?

– Une ce matin. J'avais l'impression qu'il gémissait. Mais c'était peut-être à travers son sommeil.

– On sait quelque chose de lui ? On n'a rien trouvé à côté de lui ?

– Rien, sauf le manche de son parapluie. Le reste était carbonisé. C'est d'ailleurs bizarre : justement le manche, un manche en bois. Ses vêtements étaient réduits en cendre, et ce que la pluie n'avait pas emporté est tombé pendant le transport.

Il se doutait bien qu'il ne pouvait en aller autrement, et pourtant les explications de l'interne le rassérénèrent : les deux enveloppes qui se trouvaient dans sa poche s'étaient transformées en cendre... Involontairement, car il ne s'était pas aperçu qu'il avait mal refermé la porte derrière lui, il avait entendu : « Il devient gâteux pour de bon, le vieux ! Il nous l'a déjà raconté trois ou quatre fois... » C'était vrai. L'information publiée par *La Fiera Letteraria* l'avait impressionné : Papini était presque aveugle et aucun chirurgien n'osait l'opérer. Pour un liseur aussi insatiable que Papini, la tragédie était sans pareille. Voilà pourquoi il ne cessait d'en parler. Mais peut-être Vaian avait-il raison de son côté : je commence à devenir gâteux...

Il entendit alors de nouveau sa voix : Quelle autre tragédie t'est-il arrivé ? Tu as renoncé au chinois. Et ensuite ? En vérité, répondait-il, je n'y ai pas renoncé. J'ai continué à apprendre une douzaine de caractères par jour, mais plutôt pour mon plaisir et parce que ça m'aidait à comprendre les traductions des textes que je lisais. Au fond, j'étais un dilettante... Tant mieux ! s'écriait Laura en posant encore une fois la main sur son bras. Il faut bien qu'il existe quelques personnes intelligentes et ayant assez d'imagination pour jouir des découvertes que font tous tes grands érudits. Tu as bien fait d'abandonner le chinois. Mais alors, quelles sont les autres tragédies auxquelles tu faisais allusion ? Il la dévisageait longuement. Loin d'être la plus jolie des étudiantes qu'il avait connues, elle était en revanche *différente*. Il ne comprenait pas ce qui l'attirait en elle, pourquoi il ne cessait d'aller la chercher dans des salles de cours où il n'avait plus mis les pieds depuis trois ou quatre ans, pratiquement depuis sa licence. Il était toujours sûr de la trouver au cours de Titu Maiorescu. Ils en revenaient d'ailleurs ce jour-là et, comme d'habitude, il la raccompagnait chez elle ; comme d'habitude aussi, ils s'étaient arrêtés au parc Cismigiu et assis sur un banc au bord du lac. Quelles sont les autres tragédies ? répétait-elle en soutenant calmement son regard, le sourire aux lèvres. Il tentait de s'expliquer : Je t'ai dit qu'au lycée déjà j'aimais les maths et la musique, mais aussi l'histoire, l'archéologie, la philo. J'aurais voulu tout apprendre. Pas comme un spécialiste, évidemment, mais pourtant avec rigueur, en travaillant directement sur les textes, car j'ai horreur de l'improvisation et de la culture par ouï-dire... Elle l'interrompait en levant les deux bras en l'air, à la manière d'un garçon : Tu es l'homme le plus ambitieux que j'aie jamais connu ! Ambitieux et velléitaire. Surtout velléitaire !

Il connaissait bien leurs voix et avait appris à les distinguer : trois infirmières de jour et deux de nuit.

– S'il avait de la chance, il mourrait ces jours-ci. C'est

ce qu'on dit : qui trépasse en semaine de Pâques monte droit au paradis.

Elle a bon cœur, elle a pitié de moi. Elle est meilleure que les autres parce qu'elle pense au salut de mon âme... Mais si jamais l'idée lui venait de retirer le goutte-à-goutte ? Je survivrais sans doute jusqu'à l'arrivée de l'interne, ce matin. Et s'il ne s'en apercevait pas, le professeur Stănciulescu, lui, le remarquerait certainement. Le seul à être navré, et humilié, de ne pas comprendre. Le seul à vouloir à tout prix me garder en vie, pour apprendre ce qui s'est passé. Il l'avait entendu, un jour – il renonçait à se demander encore *quand* –, il l'avait entendu dire, après lui avoir touché les paupières avec une extrême prudence :

– L'œil paraît intact, mais est-il aveugle ou non ? nous ne le savons pas. Nous ne savons d'ailleurs rien...

Il l'avait déjà entendu, un autre jour : « Nous ne savons même pas s'il est conscient ou non, s'il entend et s'il *comprend* ce qu'il entend... » Ce n'était pas sa faute. Il reconnaissait maintenant sa voix et il le suivait parfaitement. « Si vous comprenez ce que je vous dis, avait crié le professeur, serrez mon doigt. » Or, il ne sentait aucun doigt. Il aurait voulu le serrer, mais comment ?

Cette fois-ci, Stănciulescu ajouta :

– Si nous réussissons à le garder en vie cinq jours encore...

– Dans cinq jours, expliquait un assistant, le professeur Gilbert Bernard, le grand spécialiste français, s'arrêtera ici en route pour Athènes.

Surtout velléitaire ! répétait Laura. Tu veux devenir ce que sont tant d'autres : philologue, orientaliste, archéologue, historien ou je ne sais quoi encore. Autrement dit, tu veux vivre une vie étrangère, la vie des autres, au lieu de demeurer toi-même, Dominic Matei, et de cultiver exclusivement ton génie... Mon génie ? s'écriait-il sur un ton faussement modeste afin de dissimuler sa joie. Cela suppose que j'aurais du génie... Dans un certain sens, tu en as, bien sûr. Tu ne ressembles à aucun de ceux que j'ai connus jusqu'ici. Tu vis et comprends la vie autrement que nous... Mais j'ai déjà vingt-six ans et, pour le moment, je n'ai rien réalisé ! Sauf que j'ai passé tous mes examens avec des billes blanches. Mais je n'ai rien découvert, même pas une interprétation originale du chant XI du *Purgatoire*, que j'ai traduit et commenté... Il lui semblait que Laura lui lançait un regard triste, presque déçu. Pourquoi devrais-tu découvrir quelque chose ? Ton génie doit se réaliser dans la vie que tu mènes et non pas dans des analyses, des découvertes ou des interprétations originales. Tu devrais prendre pour modèle Socrate ou Goethe ; mais imagine un Goethe *sans œuvre écrite !* Je ne comprends pas bien, bredouillait-il, ému.

– Vous comprenez tous ? leur demanda le professeur.

– Moi, je ne comprends pas bien, surtout quand on parle vite.

Lui, il comprenait très bien. Le français de Stànciulescu était impeccable – il avait certainement fait ses études à Paris –, peut-être plus précis et plus élégant que celui du grand spécialiste. D'ailleurs, Bernard était sans doute d'origine étrangère. On devinait, à ses phrases lentes, hésitantes, que – comme le disait Vaian de leur dernier directeur chaque fois qu'il fallait prendre d'urgence une décision grave – il n'osait pas se prononcer.

– Quand avez-vous constaté qu'il était conscient ?

– Avant-hier seulement, répondit Stànciulescu.

J'avais essayé plusieurs fois auparavant, mais sans résultat.

– Et vous êtes *certain* qu'il vous a serré le doigt ? Vous avez *senti* qu'il le serrait pour répondre à votre question ? Ce n'était pas un geste réflexe, involontaire et donc sans signification ?

– J'ai répété l'expérience plusieurs fois. Si vous voulez, essayez aussi, pour vous convaincre.

Il sentit, comme si souvent ces derniers jours, un doigt se glisser dans son poing doucement, avec une précaution exagérée. Puis il entendit la voix du professeur :

– Si vous comprenez ce que je dis, serrez le doigt.

Il serra probablement assez fort, car Bernard, surpris, retira vivement son index. Quelques secondes passèrent, puis le docteur murmura :

– *Traduisez, s'il vous plaît**.

Après quoi il introduisit de nouveau son doigt dans le poing et parla lentement, en articulant avec soin :

– *Celui qui vous parle est un médecin français. Acceptez-vous qu'il vous pose quelques questions ?**

Sans attendre la traduction, il serra, tout aussi fort, mais cette fois-ci Bernard ne retira pas son doigt. Il demanda :

– *Vous comprenez le français ?**

Il répéta sa pression avec moins de conviction cependant. Après une brève hésitation, le docteur interrogea derechef :

– *Voulez-vous qu'on vous abandonne à votre sort ?**

Il éprouva une certaine volupté à garder la main inerte, comme du plomb.

* En français dans le texte, comme dorénavant tous mots ou phrases en italique suivis d'un astérisque. *(N.d.T.)*

– *Vous préférez qu'on s'occupe de vous ?**

Il serra, fort.

– *Voulez-vous de la morphine ?**

Sa main demeura immobile, sans le moindre tressaillement, et le resta pendant qu'il écoutait les questions suivantes :

– *Etes-vous Jésus-Christ ? Voulez-vous jouer du piano ? Ce matin, avez-vous bu du champagne ?**

Cette nuit-là, chacun sa coupe à la main, ils les entouraient et leur criaient, avec un triste, un *médiocre* manque de pudeur qui les avait surpris tous deux : Jusqu'à Venise, ne buvez plus de champagne, vous risqueriez de tourner de l'œil ! Après le départ du train, Laura avait simplement commenté : Je crois bien que c'est plutôt eux qui en ont trop bu.

Il entendit alors la voix de Stànciulescu :

– Essayons encore une fois, il n'a peut-être pas bien compris votre question. Je vais la poser en roumain.

Et le professeur reprit, d'une voix plus forte :

– Nous voudrions connaître votre âge. Serrez-moi le doigt une fois pour chaque dizaine d'années.

Il serra, de plus en plus fort, à six reprises puis s'arrêta sans savoir pourquoi.

– Soixante ans ? s'étonna Stànciulescu. Je lui en aurais donné moins.

– En raison de son état larvaire, fit la voix de Bernard, il est difficile de préciser. Demandez-lui s'il n'est pas trop fatigué et si nous pouvons continuer.

L'interrogatoire se poursuivit pendant une demi-heure encore : il n'habitait pas Bucarest – apprirent-ils –, il avait un seul parent éloigné et ne tenait pas à l'informer de l'accident, il acceptait tout test, aussi risqué fût-il, qui permettrait de vérifier si le nerf optique était atteint ou non. Par chance, ils arrêtèrent à ce moment-là de poser des questions, car il ne les aurait sans doute plus écoutées. La cécité qui menaçait Papini avait été le premier signal. Il s'était dit, cette semaine-là, qu'il ne s'agissait peut-être pas de l'inévitable décrépitude de la vieillesse et que, s'il répétait si souvent l'histoire de Papini – Papini, qu'aucun chirurgien n'osait opérer... –, il le faisait parce que la tragédie de l'un de ses écrivains favoris le préoccupait. Mais il comprit bien vite qu'il cherchait à se leurrer lui-même. Un an plus tôt, le docteur Neculache lui avait concédé que l'artériosclérose restait encore incurable. Sans affirmer qu'il en était menacé, il avait néanmoins ajouté : « A partir d'un certain âge, il faut s'attendre à tout. Moi aussi, je perds la mémoire. Depuis quelque temps je n'arrive plus à mémoriser les vers des jeunes poètes que je découvre et qui me plaisent », avait confié le docteur avec un sourire désabusé. « Moi non plus. Je connaissais par cœur presque tout *le Paradis*, mais aujourd'hui... Quant aux jeunes écrivains, après les avoir lus je n'en retiens presque rien... »

Et pourtant... Ces derniers temps, tel qu'il gisait au lit, les yeux clos, il se rappelait sans peine nombre de livres lus récemment et se récitait des poèmes d'Ungaretti, de Ion Barbu et de Dan Botta, des textes qu'il n'avait jamais essayé d'apprendre par cœur. Bien plus, depuis plusieurs jours, il s'endormait en se récitant ses tercets préférés du *Paradis*. La peur l'envahit soudain, incompréhensible car elle semblait sourdre de la joie même que lui procurait sa découverte. Je ne dois plus y penser ! s'ordonna-t-il. Je dois penser à autre chose ! Or, voilà combien de jours qu'il passe son temps à se réciter des poèmes et à se raconter des livres qu'il a lus... Quel idiot je faisais ! J'en suis quitte pour la peur... Un matin, cependant, il était sorti de chez lui et, une fois dans la rue, ne savait plus où il voulait se rendre. Mais c'était peut-être un simple accident. J'étais peut-être fatigué, bien que n'ayant aucune raison de l'être...

Il reconnut la voix d'un interne :

– Au fond, le grand spécialiste ne nous a pas appris grand-chose.

– Mais il disait qu'on connaissait des cas similaires. Par exemple, ce pasteur suisse foudroyé et brûlé presque à cent pour cent et qui a quand même survécu, pendant pas mal d'années. Il est vrai qu'il était resté muet. Sans doute comme notre malade, ajouta-t-il en baissant légèrement la voix.

– Tais-toi, il pourrait t'entendre, chuchota quelqu'un qu'il ne réussit pas à identifier.

– A la vérité, c'est ce que je recherchais : qu'il m'entende. Pour connaître sa réaction. Il n'est peut-être pas muet, après tout.

Sans le vouloir, sans bien savoir ce qu'il faisait, il desserra lentement les mâchoires. Au même instant, des craquements violents résonnèrent dans ses oreilles comme si, à sa droite et à sa gauche, tout un train de wagons chargés de ferraille dégringolait sur des rochers. Malgré l'écho des explosions qui n'en finissait pas de se prolonger, il continua d'ouvrir la bouche. Et, tout à coup, il s'entendit prononcer *Non !* et il répéta le mot à plusieurs reprises. Puis, après un bref silence, il précisa : *pas muet.* Il savait qu'il voulait dire : « Je ne suis pas muet », mais c'en était trop. Aux bruits qui se produisirent dans la pièce – la porte s'ouvrit et se referma aussitôt –, il comprit que ces quelques mots avaient fait sensation. Il gardait la bouche grande ouverte mais n'osait plus remuer la langue. Lorsque le docteur Gavrilà, son préféré, celui dont il était certain depuis le début que sa vocation de médecin était réelle, s'approcha du lit, il répéta les mots et comprit alors pourquoi il avait tant de mal à les prononcer : à chaque mouvement de sa langue, il sentait branler quelques dents, prêtes à tomber.

– C'était donc ça, murmura Gavrilà. Les dents. Même les molaires, ajouta-t-il sur un ton soucieux. Téléphonez au docteur Filip et demandez-lui d'envoyer quelqu'un d'urgence avec tout le nécessaire – l'idéal serait qu'il vienne lui-même.

Il l'entendit à nouveau, plus tard, dans le lointain :

– Elles tiennent à peine. Une déglutition un peu forte et il risque de s'étouffer avec une molaire... Prévenez le professeur.

Il sentit la pince saisir une incisive et l'extraire sans effort. Il se mit à compter : en quelques minutes, avec la même facilité, le docteur Filip lui enleva quatorze dents.

– Je ne comprends pas ce qui lui arrive. Les racines sont saines. Comme si des dents de sagesse poussaient derrière... Mais c'est impossible. Il faudra faire une radio.

Stànciulescu s'approcha du lit et lui posa la main sur le bras.

– Essayez de parler, de dire n'importe quel mot, n'importe quel son.

Il remua la langue, à présent sans crainte, mais il ne parvint pas à dire ce qu'il voulait. Il se résigna alors à prononcer, au hasard, quelques mots courts :

– Clou, poule, vache, homme, plume, bave...

La troisième nuit, il fit un rêve dont il se souvint entièrement. Il était retourné à l'improviste dans sa petite ville, à Piatra Neamt, et il se rendait au lycée. Or, plus il s'en approchait, plus le nombre des passants augmentait. Il reconnaissait autour de lui, sur le trottoir, beaucoup de ses anciens élèves, tels qu'ils étaient lorsqu'ils l'avaient quitté, dix, vingt ou vingt-cinq ans plus tôt. Il en prit un par le bras : Où courez-vous, Teodorescu ? Le jeune homme le regarda d'un air gêné – il ne le reconnaissait pas. Nous allons au lycée, répondit-il cependant. On fête aujourd'hui le centenaire du professeur Dominic Matei.

Il ne me plaît guère, ce rêve, se répéta-t-il plusieurs fois. Je ne sais pas pourquoi, mais il ne me plaît pas... Il attendit que l'infirmière sortît puis, ému, il commença, comme il le faisait depuis quelques jours, à entrouvrir tout doucement les paupières. Il s'était réveillé une nuit en train de fixer une tache de lumière bleutée, sans se rendre compte qu'il avait ouvert les yeux ni comprendre ce qu'il regardait. Sentant son cœur battre la chamade, il avait vite refermé les yeux. Mais, la nuit suivante, il se réveilla de nouveau et contempla, les yeux grands ouverts, la même tache de clarté. Il se mit alors, machinalement, à compter tout bas. Il arrivait à soixante-douze, quand il comprit brusquement que la lumière provenait d'une veilleuse placée au fond de la pièce. Il contint sa joie pour examiner posément, mur après mur, cette chambre où on l'avait transporté la veille de la visite du docteur Bernard. Depuis, chaque fois qu'il restait seul, la nuit surtout, il relevait les paupières, tournait doucement la tête et les épaules et scrutait les formes et les couleurs, les ombres et les pénombres qui l'entouraient. Il s'émerveillait d'avoir pu jouir depuis toujours de cette béatitude : simplement contempler, attentivement et longuement, de banals objets.

– Pourquoi ne nous avez-vous pas dit que *vous pouviez* ouvrir les yeux ? entendit-il.

C'était l'un des internes, qui, une seconde plus tard, se campa devant son lit, presque tel qu'il l'avait imaginé d'après les inflexions de sa voix : grand, brun, sec, un début de calvitie. Il se doutait donc de quelque chose et devait l'épier depuis pas mal de temps déjà.

– Je n'en sais rien moi-même, répondit-il en ne prononçant les mots que partiellement. Je voulais sans doute être certain le premier que je n'ai pas perdu la vue.

L'interne le dévisageait, un vague sourire aux lèvres.

– Vous êtes bizarre. Quand le professeur vous a demandé votre âge, vous l'avez arrêté à soixante.

– J'en ai plus.

– Difficile à croire. Vous avez sans doute entendu ce que disaient les infirmières...

Il hocha la tête d'un air soumis, comme un écolier qu'on réprimande. Oui, il les avait entendues : « Dire qu'il voulait faire croire qu'il avait soixante ans ! Il cache son âge. Tu l'as bien vu tout à l'heure, quand on l'a lavé, c'est un homme jeune, dans la force de l'âge. Je parie qu'il n'a même pas quarante ans. »

– Je ne voudrais pas que vous pensiez que je vous ai espionné pour vous dénoncer à la direction. Mais je dois en informer le professeur. A lui de décider.

Autrefois, il se serait fâché ou aurait pris peur, alors qu'il se mit à réciter, d'abord en pensée puis en remuant légèrement les lèvres, l'une de ses poésies favorites, *la Morte meditata*, d'Ungaretti :

Sei la donna che passa
Come una foglia
E lasci agli alberi un fuoco d'autunno...

Quand il l'avait lue pour la première fois – il s'en souvenait bien – ils étaient séparés depuis longtemps : près de vingt-cinq ans. Et pourtant, c'est à elle qu'il avait pensé en la lisant. Il ne savait pas si c'était le même amour qu'au début, s'il l'aimait toujours comme en ce 12 octobre 1904, lorsque, sortant du tribunal en fin de matinée, ils prenaient le chemin du Cismigiu. Au moment où ils se séparaient, il lui avait baisé la main et lui avait dit : Je te souhaite... enfin, tu sais ce que je veux dire... Mais je voudrais que tu saches une chose encore : je t'aimerai jusqu'à la fin de mes jours... Il n'était pas sûr de l'aimer encore, mais c'est à elle qu'il avait pensé en lisant *Sei la donna que passa...*

– Vous êtes donc certain d'être hors de danger.

Ce furent les premiers mots du professeur quand il s'approcha de son lit le lendemain matin, un large sourire aux lèvres. Il se montrait plus impressionnant qu'il ne l'avait imaginé. Pas très grand, mais tout son maintien, la tête haute, le corps droit – comme à la parade –, lui conférait une allure martiale qui en imposait. Même lorsqu'il souriait, il restait grave, distant.

– Et c'est maintenant que vous commencez à devenir un "cas intéressant", dit-il en s'asseyant sur une chaise, à côté du lit. Je pense que vous comprenez pourquoi. Jusqu'ici, personne n'a trouvé une explication plausible, pas plus ici qu'à l'étranger. A la manière dont la foudre vous a frappé, elle aurait dû vous tuer sur le coup ou, sinon, vous auriez dû mourir asphyxié en dix minutes ou un quart d'heure ; dans le meilleur des cas, vous devriez être paralysé, muet ou aveugle. Les énigmes auxquelles nous sommes confrontés dans votre cas ne cessent de se multiplier. Nous ne savons pas encore en vertu de quel réflexe vous n'avez pas pu ouvrir la bouche vingt-trois jours durant, ce qui nous a obligés à vous alimenter artificiellement. Vous avez sans doute réussi à l'ouvrir seulement quand vous avez dû éliminer les dents que les gencives ne pouvaient plus retenir. Nous pensions vous faire faire une prothèse pour que vous puissiez manger et parler normalement. Mais nous ne pouvons rien faire pour l'instant : les radios montrent qu'une nouvelle dentition se prépare à apparaître incessamment.

– Impossible ! s'écria-t-il, abasourdi, en estropiant le mot.

– C'est bien ce que disent les médecins et les dentistes : tout à fait impossible. Et pourtant, les radios sont formelles. Voilà pourquoi, en conclusion, votre cas commence à devenir extrêmement intéressant : il ne s'agit plus d'un cas de "mort en vie", mais de tout autre chose. Quoi au juste, nous ne le savons pas encore...

Prudence : une simple erreur pourrait me trahir. Aujourd'hui, demain, ils me demanderont mon nom, mon adresse, ma profession. Au fond, pourquoi aurais-je peur ? Je n'ai rien fait de mal. Tout le monde ignore tout de l'enveloppe blanche et de l'enveloppe bleue... Cependant, sans comprendre pourquoi, il tenait à tout prix à conserver l'anonymat, comme au début, quand ils lui criaient : « Entendez-vous ou non ? Si vous comprenez ce que je dis, serrez-moi le doigt ! » A présent, édenté, il avait heureusement du mal à parler. Il ne lui serait pas difficile de feindre, d'estropier les quelques mots qu'il parvenait à articuler tant bien que mal. Mais s'ils lui demandaient d'écrire ? Il examina, pour la première fois attentivement, sa main et son bras droits. La peau était lisse, bien tendue, fraîche, et commençait à reprendre sa couleur d'autrefois. Il se tâta doucement, prudemment, l'avant-bras puis se caressa le biceps du bout des doigts. Etrange ! Peut-être son immobilité quasi absolue depuis près de quatre semaines, ainsi que ces liquides nutritifs qu'on lui avait injectés directement dans les veines... « C'est un homme jeune, dans la force de l'âge », avait dit l'infirmière. Et puis, la veille, il avait entendu la porte s'ouvrir doucement, des pas feutrés s'approcher de son lit et un interne chuchoter : « Il dort, ne le réveillez pas », et ensuite une voix inconnue, rauque : « Ça ne peut pas être lui. Il faudra pourtant qu'on le revoie quand il sera rasé... Mais l'individu que nous recherchons est un étudiant de vingt-deux ans à peine, tandis que celui-ci est plus âgé, il doit friser la quarantaine... »

Il se souvint alors de l'orage. « Le plus étrange, avait dit l'un des internes, c'est qu'il a plu seulement là où il passait, pas ailleurs – de la gare du Nord jusqu'au boulevard Elisabeta. Une averse d'été qui a duré juste assez pour inonder le boulevard, mais, à quelques centaines de mètres plus loin, pas une goutte. » Son collègue avait confirmé : « C'est vrai, nous sommes passés par là en rentrant de l'église et les caniveaux étaient encore pleins d'eau... » « On raconte qu'il y aurait eu une tentative d'attentat, qu'on aurait trouvé plusieurs charges de dynamite, mais que les terroristes auraient été surpris par l'orage et auraient dû renoncer à la dernière minute... » « Tu parles ! s'était écrié l'autre, ça doit être encore une invention de la Siguranta[1] pour justifier les arrestations d'étudiants. » Ensuite, ils s'étaient tus brusquement.

Prudence, se répéta-t-il. Il ne faudrait pas qu'ils me prennent pour un légionnaire[2] en fuite recherché par la Siguranta. Je vais donc devoir leur dire qui je suis et ils m'enverront à Piatra Neamt, pour vérifications. Et alors... Mais, comme d'habitude, il réussit à se débarrasser de l'idée qui l'irritait, en récitant. D'abord le chant XI du *Purgatoire*, après quoi il essaya de se rappeler des vers de *l'Enéide* : *Agnosco veteris vestigia flammae...* – Avec vous, monsieur Dominic, on ne s'en tire jamais : vous passez d'un livre à l'autre, d'une langue à l'autre, d'une science à une autre... C'est peut-être bien pour ça que vous vous êtes séparés, avait ajouté Nicodim, avec un sourire triste. Il ne s'était pas fâché. Il aimait bien ce brave Moldave, honnête et bourru. – Non, Nicodim, le manuel de japonais n'a aucun rapport avec notre séparation. – Le manuel de japonais ? Bien sûr. Pourquoi ? – Je pensais que vous y faisiez allusion, à cause de la rumeur qui circule en ville. – Quelle rumeur ? – Eh bien, on raconte qu'un jour, à peine rentré à la maison, j'aurais ouvert mon livre de japonais et je me serais mis à apprendre et alors Laura m'aurait dit... Bref, elle m'aurait reproché de commencer trop de choses sans en achever aucune et c'est pour ça que nous nous serions séparés... – Non. Moi, je n'ai jamais entendu cette histoire. Ce que j'ai entendu raconter par les uns et les autres, c'est que Mme Laura commençait à en avoir assez de vos aventures galantes,

1. Nom de la police politique roumaine avant la guerre (prononcer « sigouran'tsa »). (*N.d.T.*)
2. Membre d'un mouvement fasciste roumain d'avant-guerre. (*N.d.T.*)

surtout l'été dernier, à Bucarest, quand vous tourniez autour d'une petite Française sous prétexte que vous l'aviez connue à la Sorbonne... – Mais pas du tout, avait-il dit d'une voix lasse, en haussant les épaules. Pas du tout. Il est vrai que Laura se méfiait depuis qu'elle avait entendu parler d'une autre aventure, plus ancienne, mais elle est intelligente, elle savait bien que je n'aimais qu'elle, que les autres, au fond... D'ailleurs, nous sommes restés très bons amis.

Il ne lui en avait pas dit plus. Il n'en avait dit plus à personne, même pas à Dadu Rares, son meilleur ami, emporté par la tuberculose douze ans plus tard. Pourtant, Dadu était peut-être le seul à avoir deviné la vérité. Et Laura avait pu lui faire quelque confidence, car ils s'entendaient fort bien.

– Je vous écoute, dit le professeur sur un ton qui laissait percer un certain agacement. Je vous écoute mais je ne vous comprends pas. Depuis quelques jours, pas le moindre progrès. J'ai même l'impression que la semaine dernière vous arriviez à prononcer certains mots qu'aujourd'hui... Il faut que vous y mettiez du vôtre ! N'ayez pas peur des journalistes. Les ordres sont formels : personne ne vous interviewera. Evidemment, votre cas est trop extraordinaire pour qu'on n'en parle pas en ville. Des nouvelles, des articles ont paru dans les journaux, absurdes, ridicules pour la plupart. Mais, j'y reviens, il faut y mettre du vôtre, nous devons en savoir plus long : d'où vous êtes, qui vous êtes, quelle est votre profession et ainsi de suite.

Il hocha sagement la tête et répéta à plusieurs reprises :

– Bien, bien.

Ça se corse, je dois ouvrir l'œil.

Par chance, le lendemain matin, comme il se passait la langue sur les gencives, il sentit poindre une première canine. De son air le plus innocent, il la montra à l'infirmière puis aux internes et feignit de ne plus pouvoir rien prononcer. Les dents poussaient rapidement, les unes après les autres. A la fin de la semaine, elles étaient toutes apparues. Un dentiste venait l'examiner tous les matins et prenait des notes pour la communication qu'il préparait. La gingivite le fit souffrir pendant quelques jours et, même s'il l'avait voulu, il aurait eu le plus grand mal à parler. Ce furent ses journées les plus sereines, car il se sentait à nouveau protégé, à l'abri des surprises. Il se sentait aussi une énergie et une confiance telles qu'il n'en avait plus connu depuis la guerre, lorsqu'il avait organisé, à Piatra Neamt, un « Mouvement de renaissance culturelle » – pour reprendre la formule des journaux – sans pareil dans tout le reste de la Moldavie. Nicolae Iorga lui-même en avait fait l'éloge lors d'une conférence donnée au lycée. Passant une partie de l'après-midi chez lui, Iorga n'avait pas caché sa surprise en découvrant des milliers de volumes d'orientalisme, de philologie classique, d'histoire ancienne, d'archéologie, et lui avait demandé à plusieurs reprises : Mais pourquoi n'écrivez-vous pas ? – Je travaille, monsieur le professeur, je m'échine depuis une dizaine d'années à achever un ouvrage... Davidoglu l'avait interrompu avec son inévitable boutade : Demandez-lui quelle sorte d'ouvrage, monsieur le professeur. *De omni re scibili !* C'était une de leurs plaisanteries éculées, qu'ils répétaient chaque fois qu'ils le voyaient entrer au lycée avec toute une pile de nouveaux livres, arrivés le matin même de Paris, Leipzig ou Oxford. – Quand avez-vous l'intention de vous arrêter ? lui demandaient-ils. – Comment m'arrêter, alors que je n'en suis même pas à mi-chemin ? A la vérité, il n'ignorait pas que, ayant dépensé sa maigre fortune avant la guerre en livres rares et en voyages d'études, il était obligé de continuer à gagner sa vie comme professeur de lycée, de sorte que les classes dévoraient une grande partie de son temps. Or, le latin et l'italien ne l'intéressaient plus depuis longtemps ; il eût aimé enseigner, si ç'avait été possible, l'histoire de la civilisation ou de la philosophie. – A force de vouloir tout faire, une dizaine de vies ne vous suffiraient pas... Un jour, il avait répondu, sur un ton presque convaincu : Nous sommes certains d'une chose au moins, c'est que la philosophie n'exige pas dix vies. – *Habe nun, ach ! Philosophie... durchaus studiert !* avait déclamé solennellement le professeur d'allemand. Vous connaissez la suite, avait-il ajouté.

Quelques indiscrétions des assistants lui expliquèrent la nervosité de Stànciulescu : Bernard ne cessait de lui réclamer des informations plus amples et plus précises. *En somme, qui est ce monsieur ?** lui avait-il écrit. « Encore que ce ne soit pas sûr, faisait remarquer un interne : le docteur Gavrilà l'affirme, mais il n'a pas vu la lettre lui-même. » En tout état de cause, Bernard n'était plus sans savoir que l'inconnu qu'il avait examiné début avril avait recouvré la vue et commencé à parler. Sa curiosité en était excitée. Il s'intéressait non seulement aux étapes du rétablissement physique, mais aussi à tous les détails concernant les capacités mentales du patient, dont la connaissance du français l'autorisait à penser qu'il possédait une certaine culture. Il voulait savoir ce qui s'était conservé et ce qui s'était perdu. Il suggérait toute une série de tests : vocabulaire, syntaxe, associations lexicales.

– Mais quand diable la finirez-vous ? – Je dois encore écrire la première partie. Les autres, l'antiquité, le moyen âge et l'époque moderne, sont pratiquement terminées. Mais la première partie, voyez-vous, les origines, l'origine du langage, de la société, de la famille, de toutes les institutions... ça demande des années et des années de recherches. Et avec nos bibliothèques de province... Dans le temps, je n'arrêtais pas d'acheter des bouquins, mais aujourd'hui je n'en ai plus les moyens... En fait, plus le temps passait et mieux il comprenait qu'il ne parviendrait jamais à achever son seul livre, l'œuvre de sa vie. Un matin, au réveil, il avait senti un goût de cendre dans sa bouche. La soixantaine approchait sans qu'il eût rien conclu de ce qu'il avait entrepris. Quant à ses « disciples », comme il aimait à appeler certains de ses collègues les plus jeunes qui, béats d'admiration, se réunissaient au moins une fois par semaine à la bibliothèque pour l'écouter discourir des immenses problèmes qu'il devait résoudre, quant à ses disciples, ils se dispersaient dans d'autres villes, au fil des années, au gré des affectations. Il n'en restait pas un à qui confier ne fût-ce que ses manuscrits et les documents rassemblés.

Depuis qu'il avait appris les sobriquets – « le vieux » ou encore « le père Dominic » – dont l'affublaient les habitués du café, il avait compris que le prestige acquis pendant la guerre, lorsque Nicolae Iorga, après avoir fait son éloge lors de sa conférence, lui envoyait de temps à autre un étudiant pour lui emprunter des livres, que ce prestige commençait à pâlir. Il s'aperçut peu à peu qu'il ne retenait plus l'attention générale au lycée ni au café, « le Sélect », qu'il ne brillait plus comme naguère. Et depuis peu, depuis qu'il avait entendu Vaian s'écrier : « Il devient gâteux pour de bon, le vieux ! », il osait à peine leur parler des nouveaux livres qu'il lisait, des articles de la *N.R.F.*, de *Criterion* et de *La Fiera Letteraria*. Puis suivirent, l'une après l'autre, ses « crises de conscience », comme il les appelait dans son langage secret. – Qu'est-ce que vous faites là, monsieur Matei ? – Je me promène. J'ai encore la migraine, alors je suis sorti faire un tour... – Mais, en pyjama, à la veille de Noël ? Vous allez prendre froid ! Le lendemain, tout le bourg en jasait. Ils l'attendaient sans doute au « Sélect » pour lui tirer les vers du nez, mais il n'y alla pas, et pas plus le lendemain. – A la première occasion ! s'exclama-t-il en riant, un après-midi, devant le café. A la première occasion !... – Que se passera-t-il à la première occasion ? lui demanda Vaian. En effet, que se passerait-il ? Il le fixait d'un œil sombre, sans réussir à s'en souvenir. Il finit par hausser les épaules et prit le chemin de sa maison. Au moment où il tournait la poignée de sa porte, il se rappela : à la première occasion, il ouvrirait l'enveloppe bleue. Mais pas ici, où tout le monde le connaissait. Loin, dans une autre ville. A Bucarest, par exemple.

Un matin, il demanda à l'infirmière une feuille de papier, un crayon et une enveloppe. Il écrivit quelques lignes, colla l'enveloppe et l'adressa au professeur Stănciulescu. Ensuite, tandis qu'il attendait, il sentait son cœur battre de plus en plus vite. Depuis quand n'avait-il connu pareille émotion ? Peut-être depuis le jour où la Roumanie avait décrété la mobilisation générale. Ou encore avant, douze ans plus tôt, lorsqu'il avait compris, dès qu'il était entré au salon, que Laura l'attendait pour lui parler. Il lui avait semblé qu'elle avait les yeux humides. Je dois te dire..., avait-elle commencé en s'efforçant de sourire. C'est trop important pour nous deux, je ne peux plus le cacher... Je dois te le dire. Cela fait un certain temps déjà que je le sens, mais depuis peu j'en suis obsédée. Je sens que tu n'es plus *à moi*... Ne m'interromps pas, s'il te plaît. Ce n'est pas ce que tu crois... Je sens que tu n'es pas à moi, que tu n'es pas *ici*, à mes côtés, que tu es dans un autre monde – et je ne songe pas à tes recherches qui, quoi que tu en penses, m'intéressent – mais je sens que tu te trouves dans un monde étranger, où je ne peux pas t'accompagner. Pour toi comme pour moi, je crois qu'il vaudrait mieux que nous nous séparions. Nous sommes jeunes tous les deux, nous aimons la vie tous les deux... Tu verras bien, plus tard...

– Bon, dit le professeur, après avoir soigneusement plié en quatre la feuille de papier, qu'il glissa dans son agenda. Je reviendrai plus tard.

Il fut de retour au bout d'une heure. Il ferma la porte à clé, afin d'être sûr qu'on ne les dérangerait pas, et s'assit sur une chaise, à côté du lit.

– Je vous écoute. Evitez de faire des efforts. Les mots que vous n'arrivez pas à prononcer, vous pouvez les écrire, dit-il en lui tendant un bloc-notes.

– Je vais vous expliquer pourquoi j'ai dû recourir à ce stratagème, commença-t-il, ému. Je voudrais éviter la publicité. Voici la vérité : je m'appelle Dominic Matei, j'ai eu soixante-dix ans le 8 janvier, j'étais professeur de latin et d'italien au lycée « Alexandru Ioan Cuza », à Piatra Neamt, où se trouve mon domicile, au 18, rue Episcopiei. C'est ma maison et j'y possède une bibliothèque de près de huit mille volumes, que j'ai léguée au lycée.

– Formidable ! s'écria le médecin, mais une lueur d'inquiétude sembla passer dans son regard.

– Vous n'aurez pas de mal à vérifier. Mais, je vous en supplie, soyez très, très discret. Toute la ville me connaît. Si vous voulez des preuves, je peux vous dessiner le plan de la maison, vous dire quels livres se trouvent sur mon bureau, vous fournir tous les détails que vous me demanderez. Mais, pour l'instant du moins, il ne faut pas qu'on apprenne ce qui m'est arrivé. Comme vous le disiez vous-même, il est déjà assez extraordinaire que je m'en sois sorti sain et sauf. Si on apprend qu'en plus j'ai rajeuni, je n'aurais plus jamais la paix... Je vous dis tout cela parce que les agents de la Siguranta, qui sont déjà venus une fois, ne croiront jamais que j'ai soixante-dix ans. Ils ne croiront donc pas que je suis qui je suis, ils ouvriront une enquête et il peut en arriver, des choses, quand on est soumis à une enquête... S'il vous plaît, si vous pensez que mon cas mérite d'être étudié, je veux dire s'il mérite de continuer à être étudié ici, à l'hôpital, trouvez-moi, s'il vous plaît, une identité fictive. Provisoire, bien entendu, et plus tard, si ma conduite ne vous donne pas satisfaction, vous pourrez toujours révéler la vérité...

– Il ne s'agit pas de ça. Une seule chose compte pour le moment : que vous soyez en règle. J'espère que ça ne sera pas trop difficile à obtenir. Mais quel âge pouvons-nous vous donner ? Quand vous n'aurez plus de barbe, vous paraîtrez la trentaine. Disons trente-neuf ans ?

Il redemanda le nom de la rue et le numéro de la maison et les inscrivit dans son calepin.

– La maison est sans doute fermée ?...

– Oui et non. Une vieille femme, Veta, ma gouvernante depuis toujours, occupe deux petites chambres à côté de la cuisine. C'est elle qui a les clés des autres pièces.

– Vous devez avoir un album de photos et, plus précisément, de photos de vous quand vous étiez jeune...

– Oui, dans le tiroir du haut de mon bureau ; il y a trois albums. La clé du tiroir se trouve dans la boîte à cigares, sur le bureau... Mais si celui que vous enverrez parle à Veta, toute la ville l'apprendra.

– On peut éliminer les risques en procédant prudemment.

Pensif, Stànciulescu remit le calepin dans sa poche et garda le silence pendant un moment, les yeux fixés sur son malade.

– Je dois avouer que votre cas me passionne, dit-il enfin en se levant. Je n'y comprends rien et personne d'autre non plus... Vous faites probablement vos exercices la nuit, quand vous restez seul ?

Un haussement d'épaules gêné précéda la réponse :

– Je sentais mes jambes s'engourdir, alors je suis descendu du lit et là, sur la carpette...

– Rien ne vous a frappé ?

– Si. Je me suis tâté partout. Mes muscles sont redevenus comme autrefois : durs, forts. Je ne m'y attendais pas. Après tant de semaines d'immobilité presque absolue, ils auraient dû être, comment dire ? une sorte de...

– Oui, c'est ce qui aurait dû se passer, dit le professeur.

Il se dirigeait vers la porte mais il s'arrêta, se retourna et, le regardant dans les yeux :

– Vous ne m'avez pas donné votre adresse ici, à Bucarest.

– Je n'en ai pas, répondit-il. (Il se sentit rougir mais

se força à sourire.) Je n'en ai pas parce que je venais d'arriver, par le train de Piatra Neamt, peu avant minuit. C'était la nuit de Pâques.

Stànciulescu lui jeta un long regard incrédule.

– Vous vous rendiez pourtant bien quelque part. Sur le trottoir, à côté de vous, on n'a rien trouvé, pas de valise, pas de sac...

– Je n'en avais pas. Je n'avais rien emporté, sauf une enveloppe bleue. J'étais venu pour me suicider. Je me croyais condamné : l'artériosclérose. Je perdais la mémoire...

– Vous étiez venu vous suicider !?

– Oui. Je pensais que je n'avais pas d'autre issue. La seule solution, c'était l'enveloppe bleue : j'y gardais depuis longtemps quelques dizaines de milligrammes de strychnine...

II

Il savait qu'il rêvait et ne cessait de se passer la main sur ses joues fraîchement rasées, mais sans parvenir à se réveiller. Quand la voiture arriva au bout du boulevard, il reconnut le quartier ; il le reconnut d'emblée à l'odeur des tilleuls en fleur. Nous nous dirigeons vers la Sosea[1], se dit-il. Il n'était plus passé par là depuis plusieurs années et il contemplait avec émotion les vieilles maisons qui lui rappelaient l'époque où il était étudiant. Ils s'engagèrent dans une allée bordée de grands arbres. Bientôt, une lourde porte s'ouvrit, l'automobile roula lentement sur le gravier puis s'arrêta au pied d'un escalier de pierre jaspée. Vous ne descendez pas ? fit une voix inconnue. Surpris, il regarda autour de lui mais ne vit personne. Il lui sembla que la porte s'ouvrait en haut de l'escalier. On l'attendait donc. Je devrais descendre, se dit-il.

Lorsqu'il ouvrit les yeux, la lumière du jour l'aveugla et il consulta sa montre, étonné. Pas encore six heures. Ils ont sans doute oublié de fermer les volets. Quelque temps passa puis il entendit la porte s'ouvrir.

1. Quartier résidentiel de Bucarest (prononcer « chosséa »). (*N.d.T.*)

– Je vous apporte des vêtements, dit l'infirmière et elle s'approcha du lit en souriant, les bras chargés.

C'était Anetta, encore assez jeune et la plus hardie. Ne lui avait-elle pas dit quelques jours auparavant, en le regardant dans le blanc des yeux : « Quand vous sortirez d'ici, vous m'inviterez peut-être un soir au cinéma ?... » Elle l'aida à s'habiller, bien qu'il n'en eût aucun besoin. Il devina, au regard déçu de la jeune femme, que la veste ne lui allait pas bien. « Elle est trop étroite aux épaules », dit-elle. Quant à la cravate, bleue à petits triangles gris, elle jurait avec la chemise rayée. L'interne de service entra à son tour. Il l'examina attentivement, l'œil sombre.

– On voit tout de suite que ce ne sont pas vos affaires. Ça pourrait paraître louche. Il faudra que nous vous trouvions autre chose. Gavrilà disait qu'il avait quelques complets d'excellente qualité qui lui viennent d'un de ses oncles.

– Il en a hérité après sa mort, précisa Anetta. Et il ne faut pas porter les vêtements des morts étrangers. S'ils sont de la famille, c'est autre chose : on les met en souvenir de leur mémoire...

– Ça ne fait rien, dit-il en souriant. Aujourd'hui, de toute façon, nous n'avons plus le temps. Une autre fois peut-être, quand je repasserai par ici...

– Oui, dit l'interne, mais avec cette veste vous risquez d'attirer l'attention et de vous faire suivre.

– S'il se fait tout petit au fond de la voiture, ça ne se remarquera pas.

Deux heures plus tard, il descendait dans la cour, accompagné par le docteur Chirilà, celui pour lequel il n'éprouvait guère de sympathie car, depuis qu'il l'avait surpris caché dans sa chambre, il redoutait en permanence d'être espionné. Dès qu'il aperçut l'automobile, il s'arrêta net.

– J'ai déjà vu cette voiture, murmura-t-il. Je l'ai vue cette nuit, en rêve. Certains diraient que c'est mauvais signe, que nous pourrions avoir un accident.

L'interne ouvrit la portière et répondit lentement, sur un ton sentencieux :

– Moi, je ne suis pas superstitieux. Quoi qu'il en soit, on nous attend.

Lorsque la voiture s'engagea sur le boulevard, il ressentit un calme étrange, interrompu, de manière incompréhensible, par des déferlements de joie presque violents.

– Baissez la vitre, dit-il, nous allons bientôt passer sous les tilleuls en fleur.

Puis :

– Nous nous approchons de la Sosea.

Et un peu plus tard :

– Vous allez voir... quelle belle allée couverte de gravier et bordée de grands arbres... et quelle belle demeure avec son escalier de pierre jaspée...

Chirilà, silencieux et renfrogné, ne le quittait pas des yeux. Enfin, l'auto s'arrêta au pied de l'escalier.

– Vous ne descendez pas ? fit une voix.

– On attend le planton pour signer la décharge, répondit le chauffeur.

Ils entendirent bientôt des pas rapides sur le gravier, derrière la voiture, et virent apparaître un homme brun, au visage grêlé et aux cheveux courts, de coupe militaire. Chirilà ouvrit la portière.

– C'est la personne dont on vous a parlé. Ne le confondez surtout pas avec d'autres malades. Dorénavant vous en êtes responsable.

– C'est entendu. Ne vous en faites pas, j'ouvrirai l'œil.

– Ce qu'il fait à l'intérieur ou dans le jardin ne vous regarde pas. Mais surveillez la porte.

Sa chambre lui plaisait : vaste, des fenêtres donnant sur le parc et, conformément à la promesse du professeur, une grande table et des étagères pour les livres. Il s'approcha de la fenêtre ouverte et respira profondément. Il eut l'impression que l'odeur des églantines montait jusqu'à lui. Il n'éprouvait pourtant pas de joie. Souriant, il se caressait machinalement les joues avec la main gauche, mais il lui semblait que tout ce qui lui arrivait depuis quelque temps ne le concernait pas *véritablement*, qu'il s'agissait d'autre chose, de *quelqu'un d'autre*.

– Essayez de décrire précisément, avec un maximum de détails, ce que vous entendez par *quelqu'un d'autre*, lui dit un jour Stànciulescu. Dans quel sens vous sentez-vous *étranger* ? Vous ne vous êtes pas encore "installé" dans votre nouvelle situation ? C'est très important. Notez tout ce qui vous passe par la tête. Même si vous n'avez pas envie d'écrire. Et n'oubliez pas d'indiquer le jour, l'heure et l'endroit.

Durant les dernières journées passées à l'hôpital, il avait rempli presque tout un cahier. Il écrivait toutes sortes de choses : le titre et le sujet de chaque livre dont il se souvenait (et il aimait en préciser l'éditeur, l'année de parution, l'année où il l'avait lu pour la première fois, afin de mieux contrôler cette prodigieuse récupération de la mémoire), des vers dans toutes les langues qu'il avait apprises, des exercices d'algèbre, des rêves qui lui paraissaient significatifs. Mais il ne confessait pas certaines découvertes récentes. Il se heurtait à une résistance incompréhensible, dont il parla un jour au professeur. Il est très important pour nous de connaître la signification de cette résistance, lui dit celui-ci : Essayez au moins d'y faire allusion, pour que nous sachions si ce que *vous ne voulez pas* dire (que *je ne peux pas*, corrigea mentalement Matei) concerne votre passé ou au contraire votre nouvelle condition dont, je le répète, nous savons bien peu de chose.

Il s'éloigna de la fenêtre, parcourut la pièce de long en large à plusieurs reprises, les mains derrière son dos, comme au temps de sa jeunesse, puis il s'allongea sur le lit. Les yeux grands ouverts, il fixait le plafond.

– Je vous ai apporté votre album de famille, lui avait dit un matin le professeur. Avec vos photos du lycée, de l'université, d'Italie... Vous ne voulez pas les voir ?

– A vrai dire, non.

– Mais pourquoi ?

– Je n'en sais rien moi-même. Je commence à me détacher de mon passé. Comme si je n'étais plus le même.

– Bizarre. Il faudrait que nous comprenions pourquoi.

Finalement, résigné, il feuilleta l'album. Assis sur une chaise à côté du lit, Stànciulescu l'observait sans réussir à dissimuler sa curiosité.

– A quoi pensez-vous ? demanda-t-il brusquement, quelques minutes plus tard. A quels souvenirs ? Quelles associations d'idées faites-vous ?

Il hésita et se frotta la figure de la main gauche. « Je sais bien que ce geste est devenu un tic », avait-il reconnu deux ou trois fois.

– Je me rappelle parfaitement l'année et l'endroit où chaque photo a été prise. Je pourrais presque dire que je me rappelle même *le jour*, que j'entends les voix de ceux qui étaient là et les paroles qu'ils prononçaient, que je sens l'odeur propre à chaque lieu et à chaque jour... Tenez, par exemple, ici je suis avec Laura à Tivoli. Dès que j'ai vu la photo, j'ai senti la chaleur de cette matinée-là et l'arôme des lauriers-roses, mais j'ai également senti une odeur forte et âcre de goudron chaud et je me suis rappelé qu'il y avait en effet deux fûts de goudron à une dizaine de mètres de l'endroit où nous nous trouvions.

– C'est une sorte d'hypermnésie à effets latéraux, dit le professeur.

– C'est terrible. Trop c'est trop, et inutile en plus.

– Ça paraît inutile parce que nous ne savons pas encore ce que nous en ferons, de cette fantastique récupération de la mémoire... En tout cas, j'ai une bonne nouvelle pour vous : dans quelques jours vous allez recevoir plusieurs livres de votre bibliothèque de Piatra Neamt, tous ceux que vous avez notés sur votre première liste, les grammaires et les dictionnaires dont vous nous avez dit avoir besoin. Bernard est enthousiaste, il affirme qu'on ne pourrait trouver meilleur test. Ce qui l'intéresse surtout, c'est que vous avez commencé à étudier le chinois pendant votre jeunesse, puis vous l'avez négligé durant une douzaine d'années, avant et pendant la guerre, ensuite vous vous y êtes remis et puis, brusquement, vous y avez définitivement renoncé. Nous avons donc affaire à plusieurs couches de la mémoire. Si vous vous donnez la peine de vous analyser et de tout noter attentivement, nous saurons laquelle de ces couches sera réanimée la première.

Ils se dévisagèrent mutuellement pendant quelque temps, comme si chacun attendait que l'autre commençât.

– Que pense-t-on de ma disparition, à Piatra Neamt ? demanda-t-il à brûle-pourpoint. Ce n'est pas que je sois curieux, mais j'aimerais savoir dès maintenant quelles chances j'ai...

– Quel genre de chances ?

Il sourit, confus ; dès l'intant où il l'avait prononcée, la phrase lui était apparue vulgaire et incongrue.

– Les chances de continuer la vie que je viens de commencer, sans risquer d'être réintégré à ma biographie antérieure.

– On ne peut rien affirmer de précis pour le moment. Là-bas, vos amis pensent que vous devez vous trouver, amnésique, dans un quelconque hôpital de Moldavie. Quelqu'un s'est rappelé vous avoir aperçu à la gare le samedi saint, mais il ne sait pas quel train vous avez pris – il était pressé de rentrer chez lui...

– Je crois savoir de qui il s'agit, murmura-t-il.

– Pour pouvoir prendre les livres que vous avez demandés, on a mis en scène une descente de police sous prétexte que, ayant appris votre disparition, un légionnaire recherché par la police se serait caché chez vous...

Le professeur demeura silencieux, pensif, pendant une minute, comme s'il hésitait à poursuivre.

– Mais évidemment, reprit-il, plus le temps passe, plus ce sera difficile. On apprendra bientôt à Piatra Neamt ce que nul n'ignore à Bucarest : un inconnu, âgé, a été frappé par la foudre et, après dix semaines, non seulement il est en parfaite santé, mais en outre il a rajeuni. Espérons qu'on n'apprendra pas le reste...

Deux semaines plus tard, alors qu'il se promenait dans le jardin, il y croisa une jeune femme d'une étrange beauté. Beauté que, pour d'obscures raisons, elle tentait d'atténuer par une vulgarité volontaire, en se fardant exagérément et maladroitement. Le sourire que lui adressa l'inconnue, provocant et néanmoins chaste, lui rappela l'un de ses derniers rêves. Il s'inclina légèrement.

– J'ai l'impression que nous nous sommes déjà rencontrés, dit-il.

Elle éclata de rire. Dommage, pensa-t-il, son rire est aussi vulgaire que son maquillage.

– Vous êtes vraiment discret, dit-elle d'une voix fausse, comme si elle se trouvait sur une scène. Bien sûr, nous nous sommes déjà rencontrés. Et même plusieurs fois.

– Ah ? Où et quand ?

Elle fronça les sourcils et le regarda dans les yeux.

– Cette nuit encore par exemple, chambre six. La vôtre est juste à côté, c'est la quatre, répondit-elle avant de s'éloigner.

Le professeur lui rendit visite le soir même pour lui rendre son cahier et lire ses nouvelles notes. Il l'écouta d'un air confus, sans sourire, le regard fuyant, puis dit :

– Je croyais que vous saviez de quoi il retournait et que vous compreniez... comment dire ?... l'intention scientifique de l'expérience. Aucune analyse n'est complète sans l'indice de la capacité sexuelle. Vous vous rappelez la question que vous a posée Bernard la dernière fois...

Dominic aurait voulu rire, mais il réussit à peine à sourire, tout en hochant la tête.

– Si je m'en souviens ! Je n'avais jamais eu autant honte. Tout nu, étendu sur le lit devant tellement de médecins et de savants étrangers...

– Je vous avais pourtant bien prévenu que ce serait une sorte de consultation internationale. Ils étaient tous venus pour vous. Ils ne croyaient pas à la communication que j'avais publiée dans *La Presse médicale**.

– Je ne m'attendais pas à une question pareille... D'autant plus que j'étais encore à l'hôpital et que je ne pouvais donc ni confirmer ni infirmer mes éventuelles possibilités sexuelles.

Stànciulescu haussa les épaules et sourit.

– Les infirmières nous avaient tout de même appris quelque chose, indirectement bien entendu.

– Les infirmières ? !

– Nous pensions que c'était à votre initiative. En toute autre circonstance, le malade et l'infirmière auraient été sanctionnés. Dans votre cas cependant, non seulement nous avons fermé les yeux, mais nous avons apprécié l'information. De toute façon, le contexte a peu d'importance, ce qui compte, c'est uniquement l'information... Mais, dans le cas de la demoiselle du six, il s'agit également d'autre chose. Il vaut mieux que je vous le dise tout de suite pour éviter d'éventuelles complications ultérieures : cette personne nous a été imposée par la Siguranta.

– Par la Siguranta ? répéta-t-il sur un ton inquiet. Mais pourquoi ?

– Je ne prétends pas y comprendre grand-chose, mais *je sais* que la Siguranta s'intéresse vivement à votre cas.

Ils ne sont probablement pas convaincus que nous leur ayons tout dit. Et, au fond, ils ont raison. En tout cas, *ils ne croient pas* à votre métamorphose. Ils sont persuadés que l'histoire qui circule en ville – la foudre pendant la nuit de Pâques, le coma, votre rétablissement et votre rajeunissement –, que tout cela est une invention des légionnaires. Et que cette légende aurait été imaginée pour camoufler l'identité d'un chef légionnaire important et préparer sa fuite à l'étranger.

Il écoutait, surpris mais serein.

– Alors ma situation est plus grave que je ne le pensais, dit-il. Mais puisqu'il n'y a pas d'autre solution pour l'instant...

Le professeur l'interrompit :

– On en trouvera une en son temps. Je dois ajouter, pour que vous soyez entièrement au courant, que vous êtes surveillé par la Siguranta et que vous l'avez été dès le début. C'est d'ailleurs pourquoi on vous a donné un complet avec lequel vous n'oseriez pas faire deux pas dans la rue, sous peine d'être arrêté aussitôt. Et vous n'oseriez pas non plus sortir avec cette blouse, l'uniforme de la clinique, du reste assez élégante. En outre, vous l'avez compris dès votre arrivée, si vous vouliez aller vous promener, vous ne pourriez pas passer la porte... Voilà ce que nous savons. Mais nous ignorons combien il y a d'indicateurs de la Siguranta dans le personnel de la clinique...

Dominic éclata de rire et se passa à plusieurs reprises la main gauche sur les joues.

– Au fond, ça vaut peut-être mieux. Je me sens à l'abri de toute surprise.

Stànciulescu le regarda pendant un long moment, comme s'il hésitait à poursuivre. Soudain, il se décida :

– Revenons maintenant à un problème plus important. Etes-vous *certain* que, dans vos souvenirs, toutes les expériences sexuelles passaient pour des rêves érotiques ?

Il demeura pensif pendant quelque temps avant de répondre :

– A présent, je n'en suis pas tellement sûr. Jusqu'à ce soir, je croyais ferme que c'étaient des rêves...

– Je vous ai posé cette question parce que, dans le cahier que j'ai lu, vous avez noté toutes sortes de rêves, mais sans éléments *manifestement* érotiques.

– J'aurais peut-être dû noter les autres aussi, mais je ne les trouvais pas significatifs... Quoi qu'il en soit, si j'ai confondu des expériences réelles avec des rêves érotiques, les choses sont plus compliquées que je ne l'imaginais.

Il se mit la main sur la tempe dans un geste puéril, ridicule, comme s'il voulait montrer qu'il se concentrait. Le professeur finit par rompre le silence :

– Je vous écoute. Dans quel sens les choses pourraient-elles être encore plus compliquées qu'elles ne le paraissent ?

Il releva la tête et sourit, embarrassé :

– Je ne sais pas si vous avez compris certaines allusions du cahier mais, depuis quelque temps, j'ai l'impression, comment dire ?, j'ai l'impression d'apprendre pendant mon sommeil. Plus exactement, je rêvais que j'étudiais ; par exemple, dans mon rêve, j'ouvrais une grammaire, je parcourais et mémorisais quelques pages, ou bien je feuilletais un livre...

– Très intéressant. Mais je pense que vous n'avez pas noté tout cela d'une façon suffisamment claire et précise dans le cahier que j'ai lu.

– Je ne savais pas trop comment les décrire : c'étaient des rêves en série, des rêves didactiques dans un certain sens, ils me paraissaient prolonger mes lectures de la journée. J'ai même cru rêver de règles de grammaire, de vocabulaires et d'étymologies, parce que j'en étais passionné... Je me demande à présent si, plus ou moins à la manière d'un somnambule, je ne me levais pas la nuit pour continuer mon travail...

Le professeur l'écoutait attentivement, l'air soucieux, ce qui signifiait – comme il l'avait déjà constaté – qu'il était tenté de poser plusieurs questions à la fois.

– De toute façon, vous n'avez pas mauvaise mine, vous n'avez pas la tête d'un intellectuel qui passe une bonne partie de ses nuits à lire. Mais, si cela était, comment se ferait-il que personne n'ait remarqué la lumière, la lampe allumée jusque très tard dans votre chambre ?

Stànciulescu se leva et lui tendit la main.

– Ce qui me semble paradoxal, c'est que cette hésitation ou, plutôt, cette confusion entre vos expériences oniriques et l'état de veille se soit développée parallèlement à votre hypermnésie... Que me disiez-vous de cette odeur de laurier-rose et de goudron que vous sentiez en regardant une photo vieille de près de quarante ans ?

– Mais aujourd'hui, s'écria-t-il, je ne suis même plus sûr de ça, de cette hypermnésie ! Je ne suis plus sûr de rien !

Tu as bien fait de dire : « Je ne suis plus sûr de rien ! » pensa-t-il, une fois seul. Comme ça, tu seras toujours à l'abri. Tu pourras toujours répondre : j'ai rêvé. Ou bien, si ça t'arrange, tu pourras affirmer le contraire. Mais attention ! Ne dis jamais toute *la vérité*.

Il tourna la tête et regarda avec étonnement autour de lui. Quelques instants plus tard il chuchota, comme s'il s'adressait à une personne présente et pourtant invisible :

– Mais même si je voulais le dire, *je ne pourrais pas !* Je ne comprends pas pourquoi, ajouta-t-il en baissant la voix encore un peu plus, mais il y a des choses qu'il m'est impossible de dire...

Cette nuit-là, il lutta longtemps contre l'insomnie, la première depuis Piatra Neamt, ce qui ne manqua pas de l'irriter car il s'en croyait désormais guéri alors qu'il en avait souffert toute sa vie. Il réfléchissait à cette mystérieuse récupération de sa mémoire. A la vérité – il s'en rendait compte depuis quelque temps déjà –, il s'agissait de bien plus que cela car sa mémoire était aujourd'hui infiniment plus vaste et plus précise que jamais auparavant. Une mémoire de mandarin, celle dont Chavannes lui avait dit que tout sinologue devait la posséder. Il commençait à croire qu'il possédait même plus : une très étrange hypermnésie. Ainsi, et cela avant d'avoir reçu ses grammaires et son dictionnaire, il s'était aperçu qu'il pouvait réciter des textes chinois en visualisant les caractères en même temps et en traduisant au fur et à mesure. Deux jours après, il vérifiait fébrilement graphies, prononciations et traductions dans l'anthologie et le dictionnaire de Giles. Pas une erreur ! Il écrivit alors quelques lignes dans son cahier, non sans un certain regret, car Bernard serait déçu : il lui était impossible de préciser quelle couche de sa mémoire était réapparue la première. Il s'apercevait tout bonnement qu'il connaissait bien plus de chinois qu'il n'en avait jamais appris – il pouvait maintenant lire n'importe quel texte et le comprendre aussitôt avec autant de facilité que du latin ou de l'italien médiéval.

La nuit était chaude et il avait laissé les vitres ouvertes sur le parc. Il lui sembla entendre des pas et, sans allumer, il descendit de son lit et s'approcha de la fenêtre. Il distingua la silhouette du planton et comprit que celui-ci l'avait vu aussi.

– Vous ne dormez donc jamais ? demanda-t-il très bas, pour ne pas réveiller ses voisins.

L'homme haussa les épaules, s'éloigna et disparut dans l'obscurité du parc. Si je lui en parle demain, il me répondra certainement que j'ai rêvé. Et pourtant, cette fois-ci, je suis *certain* de n'avoir pas rêvé... Il se recoucha, ferma les yeux et se dit, comme autrefois, lorsqu'il souffrait d'insomnies : « Dans trois minutes je dormirai ! » Et il s'entendit penser : Tu dois dormir parce que c'est en dormant que tu apprends le mieux. Des rêves didactiques, comme tu le disais ce soir au professeur. Tu vas faire encore une série de rêves didactiques. Pas au sujet du chinois. Autre chose, de plus important, autre chose...

Il aimait s'entendre penser mais il ressentit, cette fois-ci, une inquiétude inexplicable et il se murmura sur un ton menaçant :

– Si je ne m'endors pas à vingt, je descends me promener dans le parc !

Il n'eut pas le temps d'arriver à huit.

Quelques jours plus tard, le professeur lui demanda, sans lever les yeux du deuxième cahier, tout juste achevé :

– Vous rappelez-vous être descendu par la fenêtre une

de ces dernières nuits et être allé au fond du parc, là où il y a des massifs de roses ?

Il se sentit rougir et en fut intimidé.

– Non. Mais je me rappelle que je n'arrivais pas à m'endormir et qu'à un moment donné je me suis dit : "Si je ne m'endors pas à vingt, je descends me promener dans le parc !" Mais ensuite je ne me souviens de rien. J'ai dû m'endormir aussitôt.

Le professeur réprima un sourire.

– Non, dit-il, vous ne vous êtes pas endormi aussitôt. Tout simplement parce que vous avez passé un bon bout de temps du côté des rosiers.

– Alors, je suis somnambule ! s'écria-t-il. Pour la première fois de ma vie, j'ai fait une crise de somnambulisme !

Stànciulescu se leva brusquement, se dirigea vers la fenêtre et demeura un long moment immobile, le regard perdu droit devant lui. Puis il se retourna et vint se rasseoir dans le fauteuil.

– C'est ce que je croyais aussi, dit-il. Mais les choses sont plus compliquées. Quand le planton a donné l'alerte, deux larbins, probablement des agents de la Siguranta, ont couru dans la rue et ils ont aperçu une voiture, tous feux éteints, qui attendait justement à la hauteur du massif de roses derrière lequel vous vous teniez. Entre-temps, le planton vous avait retrouvé mais ça, évidemment, ses deux collègues ne pouvaient pas le savoir. Et l'auto a filé avant qu'ils aient le temps de relever sa plaque...

Dominic se passa la main sur le front, à plusieurs reprises.

– Si ce n'était pas vous..., bredouilla-t-il.

– Je sais, ça paraît invraisemblable. Mais il y a trois

témoins. Des gens simples, mais des gens de confiance et d'expérience...

– Qu'est-ce qu'ils ont fait de moi ? Ils m'ont ramené dans ma chambre ?

– Non. Le planton était seul dans le jardin. Selon lui, dès que vous l'avez vu, vous avez fait demi-tour. Vous êtes rentré dans votre chambre comme vous en étiez sorti, par la fenêtre... Somnambule ou non, peu importe. Ce qui est grave, c'est que maintenant la Siguranta est sûre qu'on préparait votre évasion. Vous avez été surpris à l'endroit même où, de l'autre côté du mur, une voiture attendait et, pour eux, ça prouve que vous étiez au courant et... d'accord. Nous avons dû intervenir en très haut lieu pour que vous ne soyez pas arrêté.

– Je vous remercie, dit-il, gêné, en s'épongeant le front.

– Pour l'instant, ils ont doublé la garde. Des hommes patrouillent dans la rue toute la nuit. Un sergent en civil se trouvera en permanence sous votre fenêtre... comme en ce moment, précisa-t-il en baissant la voix. Quant au planton, il dormira chaque nuit sur un lit de camp dans le couloir, devant votre porte.

Le professeur se leva et se mit à marcher de long en large en passant machinalement le cahier d'une main dans l'autre. Il s'arrêta soudain devant Dominic et le regarda dans les yeux.

– Et vous, comment expliquez-vous cette série de coïncidences ? Vous avez eu une insomnie suivie, selon vos propres termes, de la première crise de somnambulisme de votre vie. Pendant cette crise, vous vous approchez du massif de roses, à l'endroit *exact* où, de l'autre côté du mur, attend une voiture aux phares éteints. Une voiture qui disparaît dès que l'alerte est donnée... Comment expliquez-vous cela ?

– Je n'y comprends rien, répondit-il et il haussa les épaules, découragé. La semaine dernière, je me refusais encore à admettre que j'avais *vraiment* confondu l'état de veille avec des rêves, mais j'ai dû me laisser convaincre par certaines évidences... A présent, cette crise de somnambulisme, cette voiture qui m'attendait... tout ça...

Le professeur ouvrit sa serviette, déjà presque pleine, et y glissa le cahier entre des revues et des brochures.

– Pour reprendre votre expression de tout à l'heure, si je n'avais pas vu vos albums de famille, vos photos entre trente et soixante ans et quelques, j'aurais été prêt à accepter l'hypothèse de la Siguranta : que vous êtes qui ils croient...

Pourquoi te fais-tu du mauvais sang ? se dit-il après avoir éteint. Tout se passe normalement. Et c'est bien ce qui devait arriver : il fallait qu'on te prenne pour un autre, qu'on croie que tu ne peux plus distinguer le rêve de la réalité, qu'on fasse d'autres confusions de ce genre. Tu ne pouvais trouver meilleur camouflage. Tu finiras par constater qu'il n'y a pas de danger – on s'occupe de toi...

Il s'interrompit puis, quelques secondes plus tard, murmura : Qui s'occupe de moi ? Il attendit un peu et s'entendit demander, sur un ton qu'il ne se connaissait pas : Tu pensais que tout ce par quoi tu es passé était dû au hasard ? Il se répondit, irrité : Il ne s'agit pas de ce que je pense ou non. Mais qui s'occupe de moi ? Il attendit à nouveau, inquiet, pendant un moment. Et derechef il s'entendit : Tu l'apprendras par la suite. Pour l'instant, ça ne compte pas. Et d'ailleurs tu as deviné quelque chose, depuis pas mal de temps, mais tu n'oses pas l'avouer. Autrement, comment expliquer que tu ne parles jamais au professeur de *certaines pensées* et que tu ne les mentionnes jamais dans tes cahiers ? Si tu ne savais pas qu'il existe *autre chose*, pourquoi éviterais-tu toute allusion à ce que tu as découvert ces deux dernières semaines ? Encore une fois, il essaya de s'interrompre : Revenons à ma question... Après une brève attente, lorsqu'il lui sembla commencer à distinguer la réponse, il s'endormit.

Il vaut mieux bavarder en rêve, entendit-il. Quand on dort, on comprend plus vite et plus profondément. Tu disais au professeur que tu continuais, à travers ton sommeil, tes études de la journée. En fait, tu es convaincu depuis longtemps que ce n'est pas toujours vrai. Tu n'as rien appris, pas plus en dormant qu'en veillant. Tu t'es aperçu peu à peu que tu maîtrisais le chinois, tout comme tu découvriras plus tard que tu possèdes d'autres langues qui t'intéressent. Tu n'oses pas croire que tu te rappelles, *aujourd'hui*, ce que tu as appris dans ta jeunesse et que tu avais oublié. Pense à la grammaire albanaise...

Ce souvenir fut si brutal qu'il se réveilla et alluma. Il avait refusé d'y croire et n'y croyait toujours pas une semaine après sa découverte. Il savait bien n'avoir jamais étudié l'albanais. Il avait acheté la grammaire de G. Meyer une vingtaine d'années plus tôt, sans en lire plus que la préface. Et sans la consulter depuis. En déballant les colis arrivés de Piatra Neamt, il l'avait trouvée parmi d'autres livres et l'avait ouverte au hasard, vers la fin. Emu, effrayé, il avait constaté qu'il comprenait tout. Il avait cherché la traduction du paragraphe, et la confirmation était venue : pas une erreur... Il se leva et se dirigea vers sa bibliothèque. Il tenait à vérifier une fois encore. Il entendit alors une voix inconnue monter de dehors, sous sa fenêtre :

– Vous ne dormez donc jamais ?

Il se recoucha en colère, ferma les yeux, serra les paupières et se redit tout bas : Je ne dois plus penser ! Plus penser à rien !

Je n'arrête pas de te le répéter depuis ta première nuit d'hôpital, entendit-il.

Il lui semblait commencer à comprendre tout ce qui lui arrivait. L'immense concentration d'électricité qui, en explosant exactement au-dessus de lui, l'avait traversé, avait régénéré tout son organisme et fabuleusement amplifié toutes ses facultés mentales. Mais cette décharge électrique avait également rendu possible l'apparition d'une nouvelle personnalité, une sorte de « double », une personne qu'il écoutait parler, surtout pendant son sommeil, et avec laquelle il bavardait tantôt amicalement, tantôt contradictoirement. Cette nouvelle personnalité s'était probablement formée peu à peu, pendant sa convalescence, à partir des couches les plus profondes de son inconscient. Chaque fois qu'il se donnait cette explication, il s'entendait penser : Parfaitement ! La formule du « double » est correcte et utile ! Mais ne te presse pas de la communiquer au professeur...

Il se demandait, amusé et irrité à la fois, pourquoi il se répétait si souvent cette exhortation à la prudence alors qu'il avait décidé depuis longtemps de ne pas aborder le sujet (à la vérité, il n'avait même pas eu besoin de se décider ; il savait qu'*il ne pouvait pas* faire autrement). Leurs conversations portaient essentiellement sur l'hypermnésie et son détachement progressif du passé. Nous pourrions vous apporter vos manuscrits et toutes vos notes, lui avait dit récemment Stănciulescu. Avec les possibilités dont vous disposez aujourd'hui, vous pourriez achever votre ouvrage en quelques mois... Il avait levé les deux bras en l'air et s'était écrié, presque pris de panique : Non, non ! Ça ne m'intéresse plus ! Surpris, le professeur lui avait dit, sur un ton quelque peu déçu : C'est pourtant l'œuvre de votre vie... Peut-être, mais je devrais la récrire de la première à la dernière page et je ne pense pas que ça en vaille la peine. Elle doit rester ce qu'elle est : *opus imperfectum.* Mais je voulais vous demander, reprit-il comme s'il souhaitait changer de sujet au plus vite, bien que je ne veuille pas être indiscret : Que m'est-il arrivé cette semaine ? Que disent les rapports du planton et des autres ?

Le professeur se leva, se dirigea vers la fenêtre puis revint sur ses pas, pensif.

– Ils savent se rendre invisibles quand il le faut, répondit-il, mais ils sont tous à leur poste. Ils n'ont rien révélé de sensationnel. Il paraît que vous allumez votre lampe plusieurs fois par nuit, vous allumez et vous éteignez très vite, au bout de quelques minutes. C'est du moins ce qu'on m'a rapporté... Mais je les soupçonne de ne pas tout me dire, ajouta-t-il en baissant la voix. Je crois bien qu'ils ont découvert ou sont sur le point de découvrir quelque chose d'assez important...

– En ce qui me concerne ? demanda-t-il sans laisser percer son émotion.

Stànciulescu hésita un instant puis se leva brusquement et s'approcha de la fenêtre encore une fois.

– Je ne sais pas, fit-il après un long silence. Il se pourrait que ça ne concerne *pas que vous...*

Le 3 août au matin, le professeur vint le voir à l'improviste.

– Je me demande si nous devons nous réjouir : sachez que vous êtes devenu célèbre aux Etats-Unis. Un hebdomadaire a même publié une interview de vous, évidemment apocryphe : "Comment j'ai été frappé par la foudre". L'article a fait sensation et a été reproduit un peu partout. La Direction de la presse m'a annoncé que les envoyés spéciaux de trois grands journaux américains sont arrivés hier soir et tiennent absolument à vous rencontrer. On leur a répondu que, pour le moment, les médecins s'opposaient à toute visite. Mais pendant combien de temps pourrons-nous encore nous dérober ? A l'heure qu'il est, les journalistes ont sans doute déjà commencé leur enquête. Les internes et les infirmières vont leur raconter tout ce qu'ils savent, en en rajoutant par-dessus le marché. Et ils réussiront même à glaner des informations ici. Quant aux photos, je ne me fais pas d'illusions : vous avez certainement été photographié je ne sais combien de fois, en train de vous promener dans le parc ou à votre fenêtre et peut-être même au lit... Mais je m'aperçois que ça n'a pas trop l'air de vous impressionner, ajouta-t-il en le fixant attentivement. Vous ne dites rien...

– J'attends la suite.

– Comment savez-vous qu'il y a une suite ? demanda le professeur sans le quitter des yeux.

– Je le devine à votre nervosité. Je ne vous avais jamais vu aussi nerveux.

Stànciulescu haussa les épaules et sourit avec amertume.

– Vous n'aviez pas eu l'occasion de le remarquer : en fait, je suis assez nerveux... Mais revenons à votre cas. Toute une série de complications sont apparues, surtout pendant mes deux semaines d'absence.

– A cause de moi ?

– Non, pas plus à cause de vous que de moi. Vous, vous n'avez pratiquement pas bougé de votre chambre... je le sais parce que je téléphonais presque tous les jours. En ce qui me concerne, pendant les deux semaines que j'ai passées à la montagne, à Predeal, je n'ai discuté de votre cas qu'avec quelques rares confrères et je me porte garant de leur discrétion... Mais il s'est passé autre chose, dit-il en se levant une fois de plus. D'abord, la demoiselle du six, que la Siguranta nous avait imposée, a disparu il y a une dizaine de jours. La Siguranta la soupçonnait depuis quelque temps déjà d'être un agent double, sans imaginer toutefois qu'elle travaillait pour la Gestapo...

– Bizarre. Comment a-t-on pu l'apprendre aussi vite ?

– On a démantelé le réseau dont elle faisait partie et arrêté trois agents qui vous avaient attendu plusieurs nuits de suite dans une voiture, derrière le massif de roses. La Siguranta ne se trompait pas sur ce point : on voulait vous enlever et vous emmener à l'étranger, en Allemagne. Elle se trompait en revanche sur l'identité : il ne s'agissait pas d'un chef légionnaire, il s'agissait bien de *vous*.

– Mais pourquoi ? demanda-t-il en souriant.

Le professeur fit quelques pas, s'arrêta devant la

fenêtre, se retourna brusquement et le dévisagea avec curiosité, comme s'il attendait un commentaire, puis répondit, tout en arpentant lentement la pièce :

– Parce que vous êtes tel que vous êtes après tout ce qui vous est arrivé. Je ne m'étais jamais fait d'illusions : je savais que ça finirait par transpirer. C'est pourquoi j'ai informé à plusieurs reprises *La Presse médicale**. Je préférais qu'on apprenne à la source ce qui, de toute façon, ne pourrait pas être caché. Je n'ai pas tout dit, évidemment. Je me suis borné à rapporter les étapes de votre rétablissement physique et intellectuel ; une seule allusion, elle-même assez obscure, à votre régénération et à votre rajeunissement. Et rien sur l'hypermnésie... Mais on a tout appris... sur votre mémoire phénoménale comme sur la récupération de toutes les langues que vous aviez apprises jadis. Vous êtes donc devenu l'exemplaire humain le plus précieux qui soit aujourd'hui sur terre. Toutes les facultés de médecine du monde voudraient disposer de vous, ne fût-ce que provisoirement...

– Comme d'une sorte de cobaye ? demanda-t-il, le même sourire aux lèvres.

– Dans certains cas, oui : comme d'un cobaye. Et vous comprendrez aisément que la Gestapo veuille vous enlever à tout prix, depuis que la demoiselle de la chambre six lui a fourni ses renseignements...

Le professeur s'interrompit, pensif, puis un large sourire illumina soudain son visage.

– Votre compagne d'une nuit ou de plusieurs...

– Je crains que ça n'ait été plusieurs, bredouilla-t-il.

– Votre compagne était plus intelligente que ne le supposait la Siguranta. Elle ne s'est pas contentée de vérifier votre potentiel érotique ni de vous tirer les vers du nez pour apprendre votre identité en profitant de l'état quasi somnambulique dans lequel vous vous trouviez. Elle a procédé scientifiquement : elle a résumé toutes vos conversations, en fait vos longs monologues, pour les transmettre à la Siguranta. Mais elle a remarqué autre chose aussi. Par exemple que vous récitiez des poèmes en plusieurs langues ou bien que, lorsqu'elle vous posait des questions en allemand ou en russe, vous lui répondiez sans hésiter, dans la même langue. Ensuite, quand vous avez reçu vos livres, elle a dressé une liste de toutes les grammaires et de tous les dictionnaires que vous consultiez. Prudente, elle a conservé ces informations pour ses chefs allemands. Et c'est probablement en lisant ses notes qu'un grand ponte de la Gestapo a décidé de vous faire enlever.

– Je comprends, dit-il en se frottant le front.

Stànciulescu s'arrêta devant la fenêtre ouverte et contempla longuement le parc avant de reprendre :

– Evidemment, la surveillance a été doublée. Vous ne vous en êtes peut-être pas aperçu mais, depuis quelques jours, plusieurs des chambres voisines sont occupées par des agents de la Siguranta. Et vous pouvez imaginer les patrouilles qu'il y a la nuit dans la rue... Malgré tout, vous allez bientôt être... évacué.

– Dommage. Je m'étais habitué – et ça me plaisait.

– On m'a conseillé d'entreprendre d'ores et déjà votre camouflage. Pour commencer, vous vous laisserez pousser la moustache, aussi drue que possible, sans la tailler. D'autre part, ils vont essayer de modifier votre visage. Je suppose qu'ils vont vous teindre les cheveux et les coiffer autrement, pour que vous ne ressembliez pas aux photos qui ont certainement été prises ces dernières semaines. On m'a assuré qu'ils pouvaient vous rajouter dix à quinze ans... Quand vous quitterez la clinique, vous aurez presque l'air d'un quinquagénaire, dit-il en s'affalant dans le fauteuil, l'air exténué, avant d'ajouter :

– Heureusement, vos crises de... quasi-somnambulisme ne se sont pas répétées. C'est du moins ce qu'on m'a affirmé.

La journée s'annonçait torride. Il retira sa robe de chambre et mit le pyjama le plus fin qu'il trouva dans le placard. Puis il se coucha. Evidemment, s'entendit-il penser, tu sais parfaitement qu'il ne s'agissait pas de somnambulisme. Tu t'es conduit comme il fallait, pour créer les confusions nécessaires. Mais, dorénavant, nous n'en aurons plus besoin.

« Mon double », murmura-t-il en souriant. Il répond toujours aux questions que je me prépare à poser. Comme un véritable ange gardien... – Cette formule aussi, elle est utile et correcte. – Il y en a d'autres ? demanda-t-il. – Beaucoup. Certaines, anachroniques ou désuètes, d'autres encore assez actuelles, surtout là où la théologie et la pratique chrétiennes ont su conserver les traditions mythologiques immémoriales. – Par exemple ? demanda-t-il, amusé. – Par exemple, outre les anges et les anges gardiens, les puissances, archanges, séraphins, chérubins. Des êtres intermédiaires par excellence. – Intermédiaires entre le conscient et l'inconscient. – Bien entendu. Mais aussi entre la nature et l'homme, entre l'homme et la divinité, la raison et l'Eros, le féminin et le masculin, les ténèbres et la lumière, la matière et l'esprit...

Il s'aperçut qu'il riait et se dressa sur son séant. Il

regarda attentivement autour de lui pendant quelques secondes puis chuchota, en articulant soigneusement chaque mot : Nous en venons donc à ma vieille passion : la philosophie. Réussirons-nous jamais à démontrer *logiquement* la réalité du monde extérieur ? La métaphysique idéaliste me semble, aujourd'hui encore, la seule construction totalement cohérente... – Ne nous éloignons pas de notre sujet, s'entendit-il penser. Le problème n'est pas la réalité du monde extérieur, mais la réalité objective de "mon double" ou de mon ange gardien, choisis le terme qui t'arrange. N'est-ce pas vrai ? – Parfaitement. Je ne peux pas croire à la réalité *objective* de la personne à laquelle je parle – je la considère comme "mon double". – D'une certaine manière, c'est exact. Ce qui ne signifie pourtant pas qu'elle n'existe pas objectivement, indépendamment de la conscience dont elle apparaît être la projection... – J'aimerais me laisser persuader, mais... – Je sais, les preuves empiriques n'ont aucune valeur dans les controverses métaphysiques. Mais n'aimerais-tu pas recevoir tout de suite, à l'instant même, quelques roses tout juste cueillies dans le jardin ? – Des roses ?! s'écria-t-il d'une voix émue et craintive à la fois. J'ai toujours aimé les roses... – Où veux-tu les mettre ? En tout cas, pas dans le verre... – Non, répondit-il. En tout cas, pas dans le verre. Mais une rose dans ma main droite, telle que je la tiens en ce moment, ouverte, une autre sur mes genoux et la troisième, eh bien, disons...

Au même instant, il tenait à la main droite une rose couleur de sang tandis qu'une autre reposait sur ses genoux. – Et la troisième ? s'entendit-il penser à nouveau. Où veux-tu que je mette la troisième ?

– C'est bien plus grave que nous ne l'imaginions ! fit la voix du professeur.

Il lui semblait l'entendre de très loin, comme à travers un épais rideau. Il se trouvait pourtant devant lui, carré dans le fauteuil, sa serviette sur les genoux.

– Bien plus grave que nous ne l'imaginions ? répéta-t-il, l'air absent.

Stànciulescu se leva, s'approcha et lui posa la main sur le front.

– Vous ne vous sentez pas bien ? Vous avez passé une mauvaise nuit ?

– Non, pas du tout. Mais au moment où vous êtes entré, j'ai eu l'impression... bref...

– J'ai à vous dire des choses urgentes et très importantes. Ça va mieux ? Vous pensez que vous pouvez m'écouter ?

Il se passa doucement la main sur le front et fit un effort pour sourire, puis répondit :

– Je suis même impatient de vous entendre.

Le professeur se rassit dans le fauteuil.

– Je disais que c'était plus grave que nous ne le supposions parce qu'aujourd'hui nous savons de façon précise que la Gestapo tentera n'importe quoi – je dis bien *n'importe quoi* – pour vous mettre la main dessus. Et vous allez comprendre tout de suite pourquoi. Goebbels compte parmi ses intimes un personnage énigmatique et ambigu, un certain docteur Rudolf, qui a élaboré il y a quelques années une théorie fantastique à première vue, mais qui comporte néanmoins des éléments scientifiques. Il prétend que l'électrocution par un courant d'un million de volts au moins pourrait déclencher une mutation radicale de l'espèce humaine. La personne soumise à une pareille décharge électrique ne serait pas tuée, au contraire, elle serait entièrement régénérée. Comme vous. Heureusement, ou malheureusement, son hypothèse ne peut pas être vérifiée expérimentalement. Rudolf reconnaît qu'il ne peut pas préciser la densité du courant nécessaire à la mutation ; il affirme seulement qu'il doit dépasser le million de volts, peut-être atteindre deux millions. Vous comprenez maintenant l'intérêt que présente votre cas.

– Je comprends, dit-il sur un ton absent.

– Tous les renseignements qu'ils ont reçus à votre sujet, et ils en ont reçu pas mal, confirment l'hypothèse de Rudolf. Dans l'entourage de Goebbels, quelques-uns sont enthousiastes. Des interventions ont été faites par voie diplomatique, au nom de la science, de l'humanité et ainsi de suite. Des universités et des établissements scientifiques nous ont invités pour une série de conférences, vous, le docteur Gavrilà, moi-même... En un mot, ils voudraient que nous vous prêtions pour quelque temps. Or, comme nous nóus faisons tirer l'oreille, la Gestapo a carte blanche...

Sur ces mots, Stànciulescu se tut, comme s'il perdait soudain son souffle et, pour la première fois, il paraissait las, vieilli.

– Nous avons dû leur céder des copies des rapports établis à l'hôpital au cours des premières semaines, reprit-il. C'est une coutume, de sorte que nous ne pouvions pas refuser. Il va de soi que nous ne leur avons pas tout communiqué. En ce qui concerne les documents les plus récents, entre autres vos cahiers, nous en avons envoyé des copies à Paris, où le professeur Bernard et ses collaborateurs sont en train de les étudier. Elles seront ensuite confiées à un laboratoire de la fondation Rockefeller... Mais je m'aperçois que vous ne m'écoutez plus, dit-il et il se leva. Vous êtes fatigué. Je vous raconterai le reste la prochaine fois.

Le reste lui parut interminable, tantôt sans intérêt, tantôt comme s'il l'avait déjà entendu, sans pouvoir préciser quand ni à quelle occasion. Les investigations entreprises sur les circonstances dans lesquelles la foudre était tombée pendant la nuit de Pâques l'amusèrent tout particulièrement. Comment avait-on appris que l'averse n'avait pas dépassé un périmètre limité et que la foudre était tombée une seule fois et d'ailleurs de façon étrange puisque les fidèles qui attendaient sous le porche de l'église décrivaient une immense épée incandescente ? D'autre part, outre les spécialistes envoyés par le docteur Rudolf et qui rassemblaient toutes sortes d'informations sur la forme et l'intensité lumineuse du phénomène, on avait vu arriver un fameux dilettante, auteur de quelques études sur l'*etrusca disciplina*. Il avait réussi, en moins d'une semaine, à reconstituer le périmètre touché par la pluie et il en interprétait à présent le symbolisme.

– Cependant, ces enquêtes et ces investigations ont une valeur simplement anecdotique, poursuivit le professeur. Plus grave, en revanche, la décision du docteur Rudolf de commencer ses expériences d'électrocution dès qu'il aura complété son dossier grâce à quelques entretiens avec vous.

– Mais qu'est-ce que je pourrais lui dire ?

– Ça, personne ne le sait. Il obtiendrait peut-être un complément d'informations au moyen d'expériences de laboratoire. Par exemple, en provoquant des éclairs artificiels dans l'espoir que vous reconnaîtrez, à l'intensité, celui qui vous a frappé. Peut-être veut-il entendre de votre bouche ce que vous avez ressenti à ce moment-là et pourquoi vous affirmez avoir eu l'impression d'être aspiré par un cyclone brûlant qui aurait éclaté au sommet de votre crâne. Je ne sais pas. Mais l'on a de bonnes raisons de craindre que les expériences seraient effectuées sur des prisonniers politiques. Or, ce crime, il faut l'éviter à tout prix.

Dominic laissait pousser sa moustache sans la tailler, comme on le lui avait demandé.

– La modification de votre visage interviendra plus tard, lui annonça un jour le professeur.

C'était le 25 septembre au soir et Stànciulescu, qui maîtrisait à grand-peine son émotion, expliqua :

– Chamberlain et Daladier sont à Munich. Tout peut arriver du jour au lendemain. Ceux qui s'occupent de vous ont changé de plan. Vous allez être évacué de nuit, en secret, mais de façon que les autres l'apprennent quand même, plus exactement qu'ils voient l'auto qui vous emmènera. Et puis, à une vingtaine de kilomètres...

– Je crois avoir deviné la suite. A une vingtaine de kilomètres de Bucarest, on organisera un faux accident.

– Exactement. Il y aura même des témoins. La presse en parlera comme d'un accident quelconque, dans lequel trois hommes seraient morts carbonisés. Mais les divers services de renseignements apprendront que les victimes, c'étaient vous et les deux agents qui vous accompagnaient vers une destination inconnue. On laissera entendre qu'ils devaient vous mettre à l'abri dans un endroit sûr... C'est d'ailleurs ce qui se passera. Je ne sais pas où l'on vous cachera. Mais vous y subirez les modifications dont je vous ai parlé. Dans un mois au plus tard, muni d'un passeport en règle, vous serez emmené à Genève, je ne sais pas comment, on ne me l'a pas dit. C'est Bernard qui a proposé Genève. Il pense que Paris n'est pas l'endroit le plus sûr actuellement. Il ira vous voir le plus tôt possible... Je viendrai aussi, ajouta-t-il après un silence. Du moins je l'espère...

III

Il ne devait pas revoir Stànciulescu. Celui-ci mourut à la fin d'octobre. Matei redoutait cette issue depuis le jour où il l'avait entendu s'écrier : « C'est bien plus grave que nous ne l'imaginions ! » Il l'avait vu alors porter la main à son cœur et s'effondrer en râlant ; puis un cri, des portes claquées, des pas rapides s'éloignant dans l'escalier... Il n'avait repris ses esprits qu'au moment où le professeur s'était approché et lui avait demandé : « Vous ne vous sentez pas bien ? Vous avez passé une mauvaise nuit ? » Mais, depuis, la vision ne cessait de le hanter. Aussi, quand Bernard lui dit : « J'ai une mauvaise nouvelle », il faillit répondre : Je sais, le professeur Stànciulescu est mort.

Bernard venait le voir au moins une fois par mois. Ils passaient presque toute la journée ensemble. Parfois, après avoir écouté ses réponses, le docteur le priait de les répéter, afin de les noter telles quelles. Dieu merci, les questions concernaient sa mémoire, les modifications intervenues dans son comportement (ses rapports avec les gens ou les bêtes, ses réactions en diverses circonstances, le tout comparé à la façon dont il se conduisait précédemment), la réadaptation de sa personnalité à des situations paradoxales (pourrait-il encore tomber amoureux comme lorsqu'il avait l'âge auquel il vient de revenir ?) et il pouvait y répondre en toute quiétude. Bernard lui apportait chaque fois de l'argent provenant d'une somme offerte par la fondation Rockefeller. Il avait également facilité son inscription à l'université et l'avait chargé de coordonner les recherches documentaires nécessaires à une histoire de la psychologie médicale.

Après l'occupation de la France, il demeura longtemps sans nouvelles de Bernard mais reçut tous les trois mois, jusqu'en décembre 1942, un chèque de la fondation Rockefeller. Début 1943, une lettre du docteur lui parvint du Portugal pour en annoncer une autre, « plus longue car j'ai tant de choses à vous dire ». Mais il ne reçut plus rien. C'est seulement après la Libération qu'il réussit à apprendre, par l'un des assistants de Bernard, que ce dernier était mort en février 1943 au Maroc, dans un accident d'avion.

Il se rendait tous les jours à la bibliothèque et demandait de nombreux livres et des collections de vieilles revues. Il les feuilletait d'un air attentif, prenait des notes, rédigeait des fiches bibliographiques, mais tout ce travail constituait une feinte. Dès qu'il avait lu les premières lignes, *il savait* ce qui allait suivre. Sans comprendre ce qu'il appelait son « processus d'anamnèse », il constatait que, *s'il le souhaitait,* il connaissait le contenu de tout texte se trouvant devant lui. Quelque temps après avoir commencé à travailler à la bibliothèque, il avait fait un long rêve dramatique, dont il ne se souvenait que de façon fragmentaire car il l'avait interrompu en se réveillant à plusieurs reprises. Un détail l'impressionnait particulièrement : à la suite de son électrocution, son activité mentale anticipait la condition à laquelle les hommes accéderaient au bout de quelques dizaines de milliers d'années. La future humanité aurait pour principale caractéristique la structure de sa vie psychomentale : tout ce qui a jamais été pensé ou réalisé par les hommes, exprimé oralement ou par écrit, serait récupérable grâce à un certain exercice de concentration. Et l'éducation consisterait alors à apprendre cette méthode sous le contrôle d'enseignants spécialisés.

Bref, je suis un « mutant », se dit-il, une fois réveillé. J'anticipe l'existence de l'homme post-historique. Comme dans un roman de science-fiction, ajouta-t-il avec un sourire amusé. Ces réflexions ironiques, il les faisait en premier lieu à l'intention des « Puissances » qui veillaient sur lui. Dans un certain sens, c'est vrai, s'entendit-il penser. Mais, à la différence des personnages de science-fiction, tu as conservé la liberté d'accepter ou de refuser cette nouvelle condition. Le jour où, pour une raison quelconque, tu voudras réintégrer la précédente, tu seras libre de le faire.

Il respira profondément. Je suis donc *libre !* s'écria-t-il. Je suis *libre*... Et pourtant... Mais il n'osa pas poursuivre sa pensée.

Dès 1939, il avait décidé de décrire ses expériences dans un cahier spécial. Il avait commencé par commenter ce fait qui, lui semblait-il, pourrait confirmer « l'humanité de l'homme post-historique » : la connaissance spontanée, automatique à certains égards, n'annule pas l'intérêt de la recherche ni la joie de la découverte. Il avait choisi un exemple facile à vérifier : le plaisir avec lequel l'amateur de poésie relit un poème qu'il connaît presque par cœur. Il pourrait le réciter et pourtant il préfère parfois le relire. Car cette nouvelle lecture lui permet de découvrir des beautés et des sens jusque-là insoupçonnés de lui. De même, cette immense science reçue toute mâchée ou encore toutes ces langues et ces littératures qu'il connaissait brusquement n'entamaient en rien sa joie de les étudier.

Relues à quelques années d'intervalle, certaines phrases l'enchantaient : « On n'apprend bien et avec plaisir que ce que l'on connaît déjà. » Ou : « Ne me comparez pas à un disque. On peut certes y enregistrer *l'Odyssée* ou *l'Enéide ;* mais, moi, je les récite *autrement* à chaque fois. » Ou encore : « Les béatitudes que peut offrir toute création culturelle (je souligne : culturelle et non pas seulement artistique) sont illimitées. »

Il se rappelait toujours avec émotion la mystérieuse épiphanie des deux roses. Mais il aimait parfois en contester la validité en tant qu'argument philosophique. Suivaient alors de longs dialogues qui le comblaient d'aise. Il se promettait même de les écrire, principalement pour leur valeur – pensait-il – littéraire. Le dernier dialogue, un soir d'hiver, en 1944, s'acheva cependant assez vite, si ce n'est abruptement. Au fond, se répétait-il, de tels phénomènes métapsychiques peuvent être l'effet de forces que nous ignorons mais que notre inconscient peut contrôler. Parfaitement, s'entendit-il penser. Toute action est effectuée par une force plus ou moins connue. Mais, après tant d'expériences, tu devrais réviser tes principes philosophiques. Tu vois à quoi je fais allusion... Je crois que oui, avoua-t-il en souriant.

Durant les dernières années de la guerre, il constata à plusieurs reprises que son compte en banque avoisinait zéro. Curieux mais également impatient, il attendait alors la solution. La première fois, il reçut un mandat de mille francs, d'une personne dont il n'avait jamais entendu parler. Sa lettre de remerciements lui fut retournée : « Inconnu à l'adresse indiquée. »

Un jour, il rencontra par hasard, au restaurant de la gare, une collègue qui lui dit qu'elle allait passer une semaine à Monte-Carlo. Il la pria alors d'entrer le surlendemain au casino à sept heures du soir – à sept heures *exactement*, précisa-t-il – et de jouer cent francs sur tel numéro à la première table du salon de roulette. Il lui demanda de garder le secret et réitéra sa demande dix jours plus tard lorsque la jeune femme, émue, lui apporta trois mille six cents francs.

Une autre histoire le passionnait au plus haut point (ce fut d'ailleurs à cela qu'il pensa en premier lieu lorsqu'il entendit : « Tu vois à quoi je fais allusion... »). Au retour de la bibliothèque, il passait toujours devant les trois vitrines d'un magasin philatélique. Ce jour-là, sans savoir pourquoi, il s'arrêta et regarda, au hasard. La philatélie ne l'ayant jamais intéressé, il se demandait pourquoi il restait planté devant l'une des vitrines, apparemment la moins attrayante. Quand ses yeux tombèrent sur un vieil album défraîchi, il comprit qu'il devait l'acheter. L'album coûtait cinq francs. Rentré chez lui, il le feuilleta attentivement, curieux mais sans savoir ce qu'il cherchait. L'album avait de toute évidence appartenu à un débutant, peut-être un lycéen. Même un novice pouvait se rendre compte que les vignettes étaient récentes et quelconques. Il se décida soudain, prit une lame de rasoir et se mit à couper les cartons. Il y découvrit plusieurs enveloppes de cellophane pleines de vieux timbres. Il était facile de deviner ce qui s'était passé : persécuté par le régime, quelqu'un avait cherché et réussi à sortir ainsi d'Allemagne une quantité de timbres rares.

Il retourna le lendemain au magasin et demanda au patron s'il se rappelait qui lui avait vendu l'album. Non : il provenait d'un lot vendu aux enchères quelques années plus tôt. Lorsqu'il lui montra les timbres anciens, le marchand pâlit et bredouilla :

– Il y a longtemps qu'on n'a plus vu de pareilles raretés, pas plus en Suisse qu'ailleurs. Si vous les vendiez aujourd'hui, vous pourriez en obtenir cent mille francs au bas mot. Et si vous attendez des enchères internationales, vous avez des chances de doubler le prix.

– Etant donné que je vous les ai achetés pour trois fois rien, je pense équitable de partager, moitié-moitié. Mais j'ai besoin de quelques milliers de francs tout de suite. Le reste, vous le déposerez à ma banque au fur et à mesure que vous vendrez les timbres.

Tout cela aurait passionné Leibniz, se dit-il en souriant. Se sentir obligé de réviser ses principes philosophiques parce que, mystérieusement...

A partir de 1942, il comprit que la version de l'accident de voiture n'était plus acceptée, ni par la Gestapo ni par d'autres services de renseignements qui, pour diverses raisons, s'intéressaient à son cas. Des indiscrétions avaient certainement été commises à Bucarest, corroborées ultérieurement par des détails obtenus à Paris parmi les assistants de Bernard. Mais, si l'on avait appris qu'il vivait à Genève, on ne pouvait connaître ni son nouveau visage ni sa nouvelle identité. A sa grande surprise, il s'aperçut un soir, en sortant du café, qu'un homme le suivait. Il réussit à le semer et alla passer une semaine dans un village à proximité de Lucerne. Peu après son retour, l'incident se répéta : deux hommes sans âge, vêtus d'imperméables, l'attendaient devant la bibliothèque. L'un des bibliothécaires descendait à ce moment-là et Matei le pria de lui permettre de l'accompagner. Au bout de quelques minutes, lorsque le bibliothécaire eut constaté à son tour qu'ils étaient bien suivis, ils hélèrent un taxi. Un beau-frère du bibliothécaire, qui travaillait au Service des étrangers, lui apprit par la suite qu'il avait été pris pour un agent secret et lui donna un numéro de téléphone auquel il pourrait appeler en cas de besoin. Dans un sens, le quiproquo l'amusait : alors que la Gestapo et sans doute d'autres services le recherchaient, les risques immédiats provenaient de cette confusion avec un banal indicateur ou agent secret...

Depuis la première année, suivant en cela les conseils du docteur Bernard, il déposait ses cahiers de notes personnelles dans un coffre à sa banque. Puis il renonça aux cahiers : il écrivait dans un bloc-notes qu'il gardait sur lui en permanence, à l'exception de certaines pages, contenant des aveux trop intimes, qu'il déposait dans le coffre dès qu'il les avait écrites.

Le soir même où il s'était réfugié près de Lucerne, il avait décidé de compléter ses notes autobiographiques : « Je ne suis ni un *clairvoyant**, ni un occultiste et je ne fais partie d'aucune société secrète. L'un des documents se trouvant dans le coffre résume la vie que j'ai commencée au printemps 1938. Les premières expériences ont été décrites et analysées dans les rapports des professeurs Roman Stànciulescu et Gilbert Bernard, rapports expédiés par ce dernier à un laboratoire de la fondation Rockefeller. Ils ne concernent cependant que les aspects extérieurs du processus de mutation déclenché en avril 1938. Je les mentionne pourtant car ils valident d'un point de vue scientifique les informations que contiennent les autres documents déposés dans le coffre.

« Je ne doute pas qu'un éventuel chercheur, quand il aura commencé à étudier ces documents, se posera la question que je me suis moi-même posée si souvent ces dernières années : pourquoi *moi* ? pourquoi est-ce moi qui suis le sujet de cette mutation ? La brève autobiographie incluse dans le dossier numéro 1 indique clairement qu'avant même d'être menacé d'amnésie totale je n'avais pas réussi grand-chose. Passionné depuis ma jeunesse par de nombreuses sciences et disciplines, je n'avais rien réalisé, hormis d'immenses lectures. Alors, pourquoi moi ? Je l'ignore. Peut-être parce que je n'ai pas de famille. Mais il existe certes nombre d'autres intellectuels sans famille ; peut-être ai-je été élu parce que j'aspirais, dès mon adolescence, à la science universelle. Et alors, au moment même où j'étais sur le point de perdre complètement la mémoire, la science universelle m'a été conférée, telle qu'elle ne sera pas accessible à l'homme avant plusieurs milliers d'années...

« J'ai rédigé cette note parce que si, contrairement à toutes les prévisions, je disparaissais aujourd'hui, je voudrais que l'on sache que je n'ai nul mérite ni responsabilité dans le processus de mutation décrit avec un maximum de détails dans les cahiers groupés dans le dossier numéro 1. »

Il reprit le lendemain : « Pour les raisons exposées dans le dossier numéro 2, j'ai été amené et "camouflé" en Suisse en octobre 1938. A ce jour, le 20 janvier 1943, je n'ai pas encore été identifié (et, à plus forte raison, capturé), ce qui pourrait paraître incompréhensible. L'éventuel lecteur se demandera comment j'ai pu passer inaperçu pendant tant d'années, alors que je constitue un cas exceptionnel : je suis un "mutant", je dispose de moyens de connaissance encore inaccessibles à l'homme.

« Je me le suis demandé moi-même à plusieurs reprises en 1938 et 39. Mais j'ai vite compris que je ne risquais pas de me trahir – ni, par conséquent, d'être identifié – pour la simple raison que je me conduis vis-à-vis des tiers comme un quelconque intellectuel. Comme je le disais, en 1938-39, j'ai craint de me trahir lors de mes conversations avec mes professeurs ou mes collègues à l'université : j'en *savais* bien plus long que n'importe lequel d'entre eux et je *comprenais* des choses dont ils ne soupçonnaient même pas l'existence. Or, j'ai eu la surprise, à mon grand soulagement, de constater qu'en présence d'autrui *je ne pouvais pas me montrer tel que j'étais.* A l'instar d'un adulte qui, lorsqu'il parle à un enfant, sait qu'il ne peut lui communiquer – et n'essaye donc de lui communiquer – que des faits et des significations à la portée de sa capacité mentale. Ainsi, cette dissimulation permanente des immenses possibilités mises à ma disposition ne m'a pas obligé à mener une "double vie" – devant les enfants, les parents pas plus que les enseignants ne sont astreints à une "double vie".

« Dans un certain sens, mon expérience a valeur d'exemple. Si l'on me disait qu'il y a parmi nous des saints ou d'authentiques magiciens ou des bodhisattva ou tout autre genre de personnes douées de pouvoirs miraculeux, je le croirais. Car leur mode d'existence ne saurait permettre aux profanes de les reconnaître. »

A partir du 1er novembre 1947 au matin, il décida de ne plus rédiger ses notes en français, mais dans une langue artificielle qu'il avait construite avec enthousiasme, passionnément, durant les mois précédents. Il en aimait surtout l'extraordinaire souplesse de la grammaire et les possibilités infinies du vocabulaire (il avait réussi à introduire dans le système de la prolifération purement lexicale un correctif emprunté à la théorie des ensembles). Il pouvait désormais décrire des situations paradoxales, apparemment contradictoires, inexprimables dans les langues existantes. Tel qu'il était bâti, ce système ne pourrait être déchiffré avant de longues années, une bonne trentaine au moins. Cette certitude l'autorisait à dévoiler tout ce qu'il n'avait pas osé jusque-là mettre par écrit.

A son habitude, après une matinée consacrée au travail, il partit se promener au bord du lac. Sur le chemin du retour, il s'arrêta au café « Albert ». Le garçon « fit marcher » un café et une bouteille d'eau minérale dès qu'il l'aperçut, puis lui apporta les journaux, mais il n'eut pas le temps de les ouvrir. Un homme grand, distingué – on dirait qu'il descend d'un tableau de Whistler, pensa-t-il –, encore assez jeune, bien que la coupe démodée de son complet lui ajoutât cinq ou six ans, s'arrêta devant lui et lui demanda la permission de s'asseoir à sa table, après quoi il lui parla en ces termes :

– Il est étrange que nous nous rencontrions justement aujourd'hui, un jour si important pour vous. Je suis le comte de Saint-Germain. C'est du moins ainsi qu'on m'appelle, ajouta-t-il sur un ton amer. Mais n'est-elle pas étrange, cette rencontre, quelques jours seulement après la découverte des manuscrits esséniens de la mer Morte ? Car vous savez certainement aussi...

– Simplement ce qu'ont écrit les journaux.

L'homme le dévisagea longuement et sourit. Puis il leva la main et appela le garçon :

– Un double, sans sucre ! lui cria-t-il.

Il attendit son café avant de reprendre :

– Toutes les rencontres de ce genre, toutes les rencontres entre des personnages invraisemblables, comme nous, ont un air de pastiche. Conséquence d'une mauvaise littérature, pseudo-occultiste. Mais nous devons nous résigner : on ne peut rien contre le folklore médiocre. Or, les légendes qui font les délices de certains de nos contemporains sont d'un goût détestable... Je me rappelle une conversation avec Matila Ghyka à Londres en 1940. C'était peu après la défaite de la France. Cet admirable savant, écrivain et philosophe – je l'admire d'ailleurs non seulement pour _le Nombre d'or_*[1], comme tout le monde, mais aussi pour son roman de jeunesse, _la Pluie d'étoiles_*[1] –, cet inégalable Matila Ghyka me disait que la seconde guerre mondiale, qui venait seulement d'éclater, était en fait une guerre occulte entre deux sociétés secrètes, l'ordre des Templiers et celui des Teutoniques... Si un homme ayant l'intelligence et la culture de Matila Ghyka pouvait penser de la sorte, il n'est pas étonnant que les traditions occultistes soient déconsidérées. Mais je constate que vous ne dites rien...

– Je vous écoutais. C'est intéressant.

– Il n'est d'ailleurs pas nécessaire que vous parliez

1. Éditions Gallimard. _(N.d.T.)_

beaucoup. Je vous prierai seulement, à la fin, de répondre à une question... Je ne prétends pas savoir qui vous êtes, poursuivit-il après une pause. Mais nous sommes quelques-uns à savoir, depuis 1939, que vous existez. Le fait que vous soyez apparu brusquement et indépendamment des traditions que nous connaissons nous porte à penser, d'une part que vous êtes investi d'une mission spéciale, d'autre part que vous maîtrisez des moyens de connaissance supérieurs de beaucoup à ceux dont nous disposons... Vous n'avez pas à confirmer ce que je vous dis. Je suis venu vous rencontrer aujourd'hui parce que la découverte des manuscrits esséniens de la mer Morte est la première manifestation d'un syndrome bien connu. D'autres découvertes suivront bientôt, dans le même sens...

– C'est-à-dire ? demanda-t-il en souriant.

De nouveau, l'homme le dévisagea longuement, d'un œil scrutateur, et dit :

– Je vois que vous me mettez à l'épreuve. Vous avez peut-être raison. Mais la signification des découvertes est claire : les manuscrits de Qumran révèlent les doctrines des Esséniens, communauté secrète dont on ne savait presque rien. De même, les manuscrits gnostiques récemment trouvés en Egypte et pas encore étudiés divulgueront certaines doctrines ésotériques ignorées pendant près de dix-huit siècles. D'autres découvertes suivront sous peu, qui mettront au jour d'autres traditions restées secrètes jusqu'ici. Tel est le syndrome que j'évoquais : la révélation en série des doctrines secrètes. Ce qui signifie que l'apocalypse approche. Le cycle s'achève. On le savait depuis longtemps mais, après Hiroshima, nous connaissons également la manière dont il s'achèvera...

– C'est vrai, murmura-t-il, songeur.

– Et voici la question que je voulais vous poser : avec les connaissances qui vous ont été transmises, savez-vous quelque chose de précis sur la façon dont sera organisée l'arche ?

– L'arche ? répéta-t-il, surpris. Vous pensez à une réplique de l'arche de Noé ?

L'homme lui lança un regard curieux, dans lequel perçait une pointe d'irritation, avant de répondre :

– C'est une métaphore. Une métaphore d'ailleurs devenue cliché. Vous la trouverez dans les pires feuilles soi-disant occultistes... Non, je faisais allusion à la transmission de la tradition. Je sais que l'essentiel ne se perd jamais. Mais je pense à tout ce qui, sans constituer l'essentiel, me semble pourtant indispensable à une existence véritablement humaine : par exemple, le trésor artistique occidental et en premier lieu la musique et la poésie, mais aussi une partie de la philosophie classique et certaines sciences...

– Vous imaginez aisément ce que penseront des sciences les quelques survivants du cataclysme. L'homme post-historique, puisqu'il paraît qu'on l'appelle ainsi, l'homme post-historique, donc, sera vraisemblablement allergique aux sciences pendant cent ou deux cents ans au moins...

– C'est probable ; mais je pensais aux mathématiques... Bref, c'est à peu près la question que je voulais vous poser.

– Dans la mesure où je l'ai comprise, répondit-il après une longue hésitation, je peux seulement vous dire que...

– Merci, j'ai compris ! s'écria l'homme, son visage exprimant une intense jubilation.

Après quoi il s'inclina très bas, lui serra la main avec

émotion et s'éloigna à grands pas, comme si quelqu'un l'attendait dans la rue, derrière la porte.

– Je vous ai fait signe plusieurs fois, dit le patron à mi-voix, mais vous ne l'avez pas remarqué. Dans le temps, il était un de nos clients. Tout le monde le connaît, c'est M. Olivier, mais certains l'appellent docteur, docteur Olivier Brisson. Il a été instituteur pendant quelque temps et puis, un beau jour, il a quitté l'école et la ville sans crier gare. Je crois qu'il n'a pas toute sa tête. Il aborde les gens et se présente comme comte de Saint-Germain....

Il se rappela cette rencontre lorsqu'il constata que, curieusement, le scénario commençait à se répéter. Cette année-là, il avait pour amie une jeune Californienne, Linda Gray, qui, parmi d'autres qualités, possédait celle, si précieuse pour lui, d'ignorer la jalousie. Un soir, au moment de remplir sa deuxième tasse de café, elle lui dit à brûle-pourpoint :

– J'ai appris que tu étais l'ami d'un célèbre médecin français...

Il l'interrompit :

– Il est mort dans un accident d'avion en 1943, au Maroc.

La jeune femme alluma une cigarette et reprit sans le regarder :

– Certains pensent que ce n'était pas un accident. Que son avion a été abattu parce que... Je n'ai pas très bien compris mais tu le sauras tout à l'heure, il te l'expliquera lui-même. Je lui ai dit de venir à neuf heures, ajouta-t-elle en consultant sa montre.

– Qui ça, lui-même ? demanda-t-il en souriant.

– Le docteur Monroe. Il est directeur, ou quelque chose d'approchant, au laboratoire de gérontologie de New York.

Il le reconnut aussitôt. Il l'avait vu à plusieurs reprises à la bibliothèque et, quelques jours auparavant, au café. L'homme l'avait même prié de lui permettre de s'asseoir à sa table et, à peine assis, lui avait demandé s'il avait connu le professeur Bernard. Je l'ai très bien connu, avait-il répondu, mais je me suis juré de ne jamais parler de l'histoire ni de la signification de notre amitié...

– Excusez-moi d'avoir dû recourir à ce stratagème, dit le médecin en lui tendant la main. Je suis le docteur Yves Monroe et j'ai étudié les documents du professeur Bernard à New York. En tant que biologiste et gérontologue, voici ce qui m'intéresse particulièrement : empêcher la prolifération de mythes nouveaux et dangereux : par exemple que la jeunesse et la vie pourraient être prolongées *autrement* que par les moyens dont nous nous servons actuellement, des moyens purement biochimiques. Vous voyez à quoi je fais allusion ?

– Non.

– Tout d'abord, à la méthode proposée par le docteur Rudolf : l'électrocution par des chocs d'un million ou d'un million et demi de volts. C'est une aberration !

– Je ne sache pas que cette méthode ait jamais été appliquée. Heureusement.

Son verre de whisky à la main, Monroe le faisait tourner entre ses doigts, songeur ; enfin, il reprit, les yeux fixés sur les glaçons :

– Non, elle ne l'a pas été. Mais une fable s'est répandue, selon laquelle le professeur Bernard aurait connu un cas analogue, un rajeunissement provoqué par l'électricité de la foudre. Malheureusement, les documents déposés au laboratoire Rockefeller sont tellement approximatifs et confus qu'on ne peut pas en tirer de conclusion. En outre, m'a-t-on dit, une partie en a été perdue. Quant au reste, ils portent exclusivement sur les phases de récupération et de réintégration psychomentale de l'individu frappé par la foudre...

Le docteur s'interrompit et reposa doucement son verre sur la table, sans avoir bu.

– Je me suis permis de forcer ce rendez-vous, reprit-il, dans l'espoir que vous pourriez apporter quelques éclaircissements à un problème assez obscur. Vous avez dit vous-même avoir bien connu le professeur Bernard. Selon une rumeur qui circule depuis quelque temps, il transportait personnellement les documents les plus importants dans deux valises et l'avion qui devait l'emmener outre-Atlantique aurait été abattu justement à cause de ces valises. On ne sait pas trop ce qu'elles contenaient, mais il semble qu'un service secret ait jugé prudent de s'assurer, comment dire ?, contre tout risque... Savez-vous quelque chose de précis sur le contenu de ces valises ?

Dominic Matei haussa les épaules, gêné, et répondit :

– Je pense que seuls les assistants de Bernard, à Paris, seraient en mesure de vous aider.

Monroe dut faire un effort pour sourire, sans chercher à dissimuler sa déception.

– Ceux qui veulent bien s'en souvenir affirment qu'ils n'en savent rien. Quant aux autres, ils font semblant d'avoir tout oublié... J'ai également lu les articles du professeur Roman Stănciulescu dans *La Presse médicale**. Malheureusement, il est mort à l'automne 1938. L'un de mes confrères, en mission à Bucarest, m'a écrit récemment que toutes ses tentatives d'en apprendre plus long auprès des anciens assistants du professeur Stànciulescu s'étaient soldées par des échecs complets...

Le docteur reprit son verre de whisky, le fit de nouveau tourner plusieurs fois entre ses doigts, l'approcha de ses lèvres et se mit enfin à boire, doucement, à petites gorgées.

– Grâce à l'intervention du professeur Bernard, vous avez bénéficié pendant trois ou quatre ans d'une bourse Rockefeller. Vos recherches portaient sur quoi ?

– De la documentation pour une "Histoire de la psychologie médicale". Je l'ai envoyée en 1945 aux collaborateurs du professeur, à Paris.

– Intéressant, murmura le docteur en levant soudain les yeux de son verre pour dévisager Matei.

Ce dernier était mélancolique, quelque peu soucieux, en rentrant chez lui, cette nuit-là. Il se demandait si Monroe avait percé son identité. Et, sinon, pour qui le prenait-il ? Pour un ami personnel de Bernard ? Pour un de ses malades ? Ou qui sait... ?

Le lendemain, une question de Linda le rassura :

– A quoi faisait-il allusion hier soir, le docteur, quand il m'a entraînée à l'écart et m'a chuchoté : "Si jamais il vous raconte qu'il a plus de soixante-dix ans, ne le croyez pas" ?

Quelques semaines plus tard, alors qu'il passait devant un café ouvert depuis peu, il s'entendit appeler en roumain :

– Monsieur Matei ! Monsieur Dominic Matei !

Il se retourna, effrayé. Un grand jeune homme blond,

nu-tête, avançait d'un pas rapide tout en essayant d'ouvrir sa serviette.

– J'ai appris un peu de roumain, dit l'inconnu dans un français laborieux, mais je n'ose pas le parler. Je savais que vous vous trouviez ici, à Genève, et avec toutes ces photos à ma disposition, je ne pouvais pas ne pas vous reconnaître...

Il fouilla nerveusement dans sa serviette et lui montra quelques photos prises sous des angles différents, de face et de profil. Elles avaient été faites, à l'automne 1938, par le chirurgien qui avait si bien réussi à lui transformer le visage.

– Et à tout hasard, ajouta le jeune homme en souriant, j'ai également dans ma serviette votre album de famille. Entrons une minute dans ce café, si vous voulez bien, continua-t-il tout en poussant la porte. Vous ne pouvez pas imaginer mon émotion, tout à l'heure, quand je vous ai aperçu. J'avais peur qu'en m'entendant vous appeler "Monsieur Matei" vous évitiez de tourner la tête...

– C'est bien ce que j'ai failli faire. Mais, je l'avoue, j'étais curieux.

Ils s'assirent et, après avoir commandé une limonade tiède et une bouteille de bière, l'inconnu se mit à le contempler d'un air fasciné et incrédule à la fois.

– Dire qu'il y a quelques semaines, le 8 janvier, vous avez eu quatre-vingts ans ! Et vous en paraissez une trentaine... tout simplement parce que vous cherchez à cacher votre âge...

– Je ne sais pas encore à qui j'ai l'honneur...

– Veuillez m'excuser, je suis très ému. Comme disent les turfistes, j'ai tout misé sur un cheval... et j'ai gagné ! Je m'appelle Ted Jones junior, je suis correspondant du

Time Magazine... Tout a commencé il y a une dizaine d'années, quand j'ai lu votre interview : *"Being struck by the thunder"*. J'ai été vivement impressionné, même après avoir appris qu'elle était apocryphe. Ensuite, la guerre a éclaté et peu de gens se souviennent encore de cette interview.

Le jeune homme vida son verre de bière, puis lui demanda s'il pouvait continuer en anglais et si la fumée de pipe ne l'incommodait pas.

– Il y a deux ans, lorsqu'on a découvert les fameuses archives secrètes du docteur Rudolf, on a recommencé à évoquer votre cas, dans la mesure, évidemment, où il était connu grâce aux documents rassemblés par Gilbert Bernard. Mais on ne savait rien de plus, on ne savait même pas si vous étiez encore en vie. Malheureusement, Rudolf ayant été un nazi notoire – il s'est d'ailleurs suicidé dans les derniers jours de la guerre –, tout ce qui se rapporte à ses expériences est suspect...

– Quelle sorte d'expériences ?

– L'électrocution d'animaux, surtout de mammifères. Avec des courants de un million deux cent mille volts jusqu'à deux millions.

– Et avec quels résultats ?

Le journaliste esquissa un sourire et remplit son verre.

– C'est une longue histoire, répondit-il.

Elle lui parut longue, en effet, et, par surcroît, obscure et non concluante. Les premières personnes à avoir compulsé les archives de Rudolf auraient affirmé que, dans certains cas, le choc électrique n'avait pas tué les sujets mais, les expériences ayant cessé au bout de quelques mois, les conséquences de l'électrocution n'avaient pas pu être suivies. Dans d'autres cas, on aurait constaté une modification du système génétique, que certains chercheurs interprétaient comme les prodromes d'une mutation. Mais, sans que l'on sache précisément dans quelles circonstances, plusieurs pièces des archives, parmi les plus précieuses, avaient disparu. Quoi qu'il en soit, en l'absence de toute indication relative à une expérimentation sur des êtres humains, le dossier Rudolf n'était pas concluant. D'autre part, l'immense majorité des savants américains rejetaient a priori l'hypothèse d'une régénération par l'électricité.

– Vous étiez et vous restez la seule preuve ! Il fallait donc s'attendre à ce que le peu de documents sauvés par le professeur Bernard soient systématiquement décriés et même, dans certains cas, détruits.

– Vous croyez que c'est réellement arrivé ?

Jones, le sourire aux lèvres, hésita un instant avant de répondre :

– J'ai de bonnes raisons de n'en pas douter. J'ai eu la chance d'être envoyé comme correspondant en Roumanie...

Avant de partir pour Bucarest, il avait commencé à apprendre le roumain – ce qu'il lui fallait pour pouvoir lire et se débrouiller dans la rue ou les magasins. Le hasard avait voulu qu'il fît la connaissance du docteur Gavrilà, avec qui il s'était assez vite lié d'amitié. Or, ce dernier conservait l'album de famille de Matei et toute la documentation réunie à son sujet par Stànciulescu.

– J'aurais pu publier un article sensationnel : "L'Homme rajeuni par la foudre" ! Avec photos et documents à l'appui, avec des déclarations de Gavrilà et des autres médecins qui vous ont soigné, avec une interview que je vous aurais demandée aujourd'hui et d'autres photos, que j'aurais prises ici, à Genève, en février 1948 !

Jones s'interrompit, essaya de rallumer sa pipe, y renonça, le regarda droit dans les yeux.

– Bien que votre anglais soit parfait, vous ne dites rien.

– J'attends la suite.

– Vous avez raison. La suite n'est pas moins spectaculaire et mystérieuse que votre expérience. Pour des raisons d'ordre moral et politique, mon article ne peut pas être publié. Rien de ce qui serait susceptible d'engendrer la confusion, de ce qui semblerait confirmer d'une façon ou d'une autre les théories de Rudolf ne doit être imprimé. Surtout actuellement, quand on parle de voter des crédits massifs pour la recherche en matière de gériatrie... Mais vous ne dites rien ?

Dominic haussa les épaules.

– Je pense que tout se passe comme ça devait se passer. C'est dommage pour votre travail et pour le temps que vous avez perdu, mais les conséquences de votre article auraient été désastreuses. Si les gens, ou plus précisément *certaines* gens, étaient *sûrs* que l'électrocution peut résoudre le problème de la régénération et du rajeunissement, nous pourrions nous attendre à tout. J'estime qu'il est préférable de laisser les biochimistes et les gérontologues poursuivre leurs recherches. Un jour, plus ou moins proche, ils arriveront au même résultat...

– De toute façon, dit Jones après un silence, il s'agit également de vous. Quand je dressais le plan de mon article, je ne pensais pas à ce que deviendrait votre vie après sa parution.

– A ce qu'elle a d'ailleurs commencé à devenir, dit-il

en riant. Comment se fait-il que vous m'ayez découvert aussi facilement ? J'étais persuadé que Gavrilà et tous les autres, en Roumanie, me croyaient mort depuis longtemps, tué dans un accident de voiture...

– C'est vrai pour la plupart. Et c'est effectivement ce que croyait aussi Gavrilà jusqu'au jour où je lui ai révélé, sous le sceau du secret, que vous étiez toujours vivant et que vous habitiez Genève. N'allez pas imaginer que quelqu'un me l'ait dit. Je l'ai déduit tout seul en apprenant que le docteur Monroe devait se rendre à Genève pour y avoir des entretiens avec un ami de Bernard. J'ai aussitôt deviné que cet ami, ce ne pouvait être que vous. Naturellement, pas plus Monroe que ses collaborateurs du laboratoire de gérontologie ne croient, *ne peuvent croire* une chose pareille...

– Vous me donnez une bonne nouvelle.

– Mais on finira par connaître la vérité, reprit Jones sans essayer de cacher sa satisfaction. L'histoire est trop belle pour être étouffée sous le silence. Je vais écrire un roman, précisa-t-il en curant sa pipe. Je l'ai d'ailleurs déjà commencé. Il ne présentera aucun risque pour vous. L'action se passe au Mexique, avant et pendant la guerre, et la majorité des personnages sont mexicains. Bien entendu, je vous enverrai le livre à sa parution, par Linda, si vous êtes toujours dans les mêmes termes à ce moment-là. J'ai bien connu son frère, le pilote, qui est mort à Okinawa...

Il s'interrompit brusquement, comme s'il se rappelait quelque chose d'important, et ouvrit sa serviette.

– J'allais oublier votre album de famille. J'ai promis à Gavrilà de vous le rendre si je réussissais à vous trouver. Ce sont des documents précieux, des souvenirs, comment dire ? des souvenirs de votre première jeunesse...

Une fois chez lui, il couvrit l'album de papier bleu, le glissa dans une enveloppe et la cacheta. Il écrivit dans le coin gauche supérieur : « Remis le 20 février 1948, de la part du docteur Gavrilà, par Ted Jones junior, correspondant du *Time Magazine* à Bucarest. »

Les choses se simplifient et se compliquent à la fois, se dit-il en ouvrant son bloc-notes, où il entreprit de raconter, en français, sa rencontre avec Jones et de résumer leur conversation. Puis il ajouta : « Il confirme les informations du docteur Monroe : la destruction systématique des documents de 1938-39 – les seules indications sur les processus de reconstitution physiologique et d'anamnèse ; les seules preuves scientifiques de la régénération et du rajeunissement par une décharge électrique massive. Ce qui signifie que *l'origine* du phénomène de mutation n'intéresse plus. *Pourquoi* ? »

Il s'interrompit, réfléchit pendant quelque temps et reprit : « Un éventuel lecteur pourra évidemment apprendre l'essentiel à partir de mon autobiographie succincte et des notes regroupées dans les dossiers numéros 1, 2 et 3. Mais, en l'absence des pièces réunies et annotées par les professeurs Stànciulescu et Bernard, mes confessions perdent leur valeur documentaire. De plus, la quasi-totalité de mes notes concerne les conséquences de l'anamnèse, en deux mots les expériences d'un mutant qui anticipe l'existence de l'homme post-historique. Les documents Stànciulescu-Bernard *ne contenaient pas* d'informations sur ces expériences mais assuraient dans une certaine mesure leur crédibilité. Je ne peux en tirer qu'une seule conclusion : mes confessions ne s'adressent pas à un éventuel lecteur d'un proche avenir, disons de l'an 2000. A qui, alors ?

« Voici à présent ce qui pourrait constituer une réponse provisoire : A la suite des guerres nucléaires qui vont éclater, plusieurs civilisations, à commencer par la civilisation occidentale, seront détruites. Ces catastrophes provoqueront nécessairement une vague de pessimisme comme l'humanité n'en avait jamais connu, un découragement général. Même si les survivants ne cèdent pas à la tentation de se suicider, bien peu conserveront une vitalité suffisante pour espérer encore de l'homme, pour espérer une humanité supérieure à l'espèce *homo sapiens*. Découvertes et déchiffrées *alors*, ces confessions pourraient contrebalancer le désespoir et la volonté universelle d'extinction. Du seul fait qu'ils illustrent les possibilités mentales d'une humanité appelée à naître dans un lointain avenir, ces documents démontrent, parce qu'ils l'anticipent, la réalité de l'homme post-historique.

« Cette hypothèse suppose la conservation de tout le matériel aujourd'hui déposé dans mon coffre. Je ne sais pas de quelle manière cette préservation sera assurée. Mais, par ailleurs, je ne peux pas douter qu'elle le sera. Autrement, mon expérience serait dénuée de sens. »

Il introduisit les pages dans une autre enveloppe, qu'il cacheta aussi, et partit pour la banque. Au moment où il fermait sa porte, il entendit sonner le téléphone et il continua de l'entendre pendant qu'il descendait l'escalier.

IV

L'été 1955 fut particulièrement pluvieux dans le Tessin et des orages éclataient tous les jours. Pourtant, il ne se rappelait pas avoir vu un ciel aussi sombre que l'après-midi du 10 août. Lorsque les premiers éclairs s'entrecroisèrent au-dessus de la ville, l'usine électrique coupa le courant. Pendant près d'une demi-heure, les coups de tonnerre se succédèrent à un rythme tel qu'on eût dit une seule et interminable explosion. De sa fenêtre, il regardait tomber la foudre, à l'ouest, sur les collines rocheuses qui ourlaient, abruptes, la montagne. La pluie, torrentielle au début, se calma peu à peu et, vers trois heures, le ciel commença à perdre sa couleur d'encre. Bientôt, les réverbères s'allumèrent et il pouvait voir la rue jusqu'à la cathédrale. Il attendit que la pluie cessât, il descendit et prit le chemin du commissariat de police.

– Peu avant midi, dit-il sur un ton neutre, purement informatif, deux femmes sont parties escalader le Trento. Elles m'ont demandé si je connaissais un sentier évitant les lacets. Je leur ai indiqué la direction mais je leur ai conseillé d'ajourner l'excursion pour ne pas se faire surprendre par l'orage avant le refuge de Helival. Elles m'ont répondu qu'elles avaient l'habitude des orages de montagne et que, de toute façon, elles ne pouvaient pas renoncer à leur randonnée : leurs vacances s'achèvent et elles doivent repartir dans quelques jours.

Le policier l'écoutait poliment mais guère intéressé.

– Je ne les connais pas, poursuivit-il néanmoins. Mais j'ai entendu la plus âgée appeler la plus jeune Veronica. Je crois deviner ce qui s'est passé. Quand l'orage a éclaté, elles devaient se trouver sur la route, le long de la paroi rocheuse, du côté de Vallino, là où la foudre est tombée le plus fort. J'étais à ma fenêtre et c'est comme ça que je l'ai remarqué, expliqua-t-il en s'apercevant que l'agent le regardait d'un œil curieux, presque incrédule. Je pense que beaucoup de roches ont dû se détacher. J'ai peur qu'elles n'aient été assommées ou ensevelies sous un éboulement...

Il se rendait compte qu'il aurait du mal à convaincre le policier.

– Je prendrais bien un taxi pour partir à leur recherche... Mais si mes suppositions se confirment, nous ne parviendrons pas à les dégager à deux, le chauffeur et moi. On aurait besoin de pioches et de pelles.

Il lui fallut cependant se résigner à cette solution. Si nécessaire, il téléphonerait d'un chalet et la police enverrait des secours et une ambulance.

Lorsqu'ils s'approchèrent de Vallino, le ciel était déjà clair, mais des pierres jonchaient la chaussée et le chauffeur dut ralentir.

– Je ne crois pas qu'elles aient eu le temps d'arriver au refuge. Quand l'orage a éclaté, elles ont dû s'abriter dans une faille de la paroi.

– Il y en a qui sont larges comme la bouche d'une caverne, dit le chauffeur.

Ils l'aperçurent en même temps. Elle était sans doute morte de frayeur, quand la foudre était tombée à quelques pas d'elle. C'était une femme âgée, aux cheveux blancs coupés court. Elle ne semblait pas avoir été tuée par l'éboulement, malgré la présence d'un quartier de roche qui avait roulé jusqu'à côté d'elle et s'était arrêté sur un pan de sa jupe.

Il entendit comme un gémissement et se mit à examiner attentivement la paroi et les roches qui les entouraient.

– Veronica ! cria-t-il à plusieurs reprises en avançant lentement.

Ils entendirent tous deux un gémissement, puis quelques cris brefs suivis de mots inconnus, prononcés rapidement, comme une incantation. C'est en s'approchant qu'il comprit : un rocher s'était écroulé et immobilisé exactement devant l'anfractuosité où Veronica avait cherché refuge. S'il ne l'avait pas entendue geindre et crier, il n'aurait jamais soupçonné qu'elle se trouvait là. La cavité était entièrement cachée, excepté son extrémité supérieure, à plus de deux mètres de haut. Il grimpa, non sans peine, aperçut la jeune femme, l'appela par son nom et lui fit des signes de la main. Elle leva les yeux, effrayée et rassurée à la fois, et essaya de se mettre debout. Elle n'était pas blessée mais la faille se révéla trop exiguë, ce qui la contraignit à garder le dos courbé.

– La police va arriver, lui dit-il en français.

Mais, la jeune femme ne paraissant pas comprendre, il répéta en allemand et en italien. Elle se passa à plusieurs reprises la main sur le visage et se mit à parler. Il constata au début qu'il s'agissait d'un dialecte du centre de l'Inde, puis il distingua des phrases entières en sanscrit. Alors il se pencha vers elle autant qu'il le put et murmura :

– *Shanti, Shanti !*

Il récita ensuite quelques formules canoniques de bénédiction. La jeune femme lui adressa un sourire heureux et leva la main vers lui comme si elle voulait lui montrer quelque chose.

Il resta là, perché sur le rocher, à l'écouter, à essayer de la tranquilliser et de la réconforter grâce à quelques expressions familières en sanscrit, jusqu'au moment où arrivèrent l'ambulance et une voiture de police. Ils réussirent à déplacer le rocher en creusant en dessous, dans le talus qui surplombait la route et, une heure plus tard, ils pouvaient lancer une échelle de corde qui permit à Veronica de sortir. Mais, à la vue des policiers et des voitures, elle poussa des cris d'effroi, s'agrippa au bras de Dominic et se serra contre lui.

– Elle a subi un choc, expliqua-t-il, embarrassé, et elle est probablement amnésique.

– Mais quelle langue parle-t-elle ?

– Je crois que c'est un dialecte indien, répondit-il prudemment.

Les papiers d'identité révélèrent qu'elle s'appelait Veronica Bühler, qu'elle avait vingt-cinq ans, était institutrice et habitait à Liestal, dans le canton de Bâle-Campagne. Son amie, Gertrud Franck, une Allemande établie depuis quelques années à Fribourg, était employée de bureau dans une maison d'édition. L'autopsie confirma les premières suppositions : la mort était due à un arrêt du cœur.

Il était le seul à pouvoir s'entendre avec Veronica, le

seul dont la présence la rassurait, aussi passait-il longtemps à la clinique. Il apportait un magnétophone, caché dans un sac, et enregistrait quelques heures par jour, essentiellement quand elle parlait d'elle. Elle affirmait s'appeler Roupini, fille de Nagabhata, de la caste des kshatriya, descendant de l'une des premières familles de Magadha à s'être converties au bouddhisme. Avant d'avoir douze ans, elle décida, avec le consentement de ses parents, de se consacrer à l'étude de l'Abhidhamma et fut reçue dans une communauté de bhikshunis. Elle étudia la grammaire sanscrite, la logique et la métaphysique mahayana. Elle mémorisa plus de cinquante mille sutra, ce qui lui valut un prestige dépassant les enseignants et les étudiants de la célèbre université de Nalanda, pour atteindre de nombreux maîtres, ascètes et contemplatifs. A quarante ans, elle fut acceptée parmi les disciples du fameux philosophe Chandrakirti. Elle passait plusieurs mois par an dans une grotte, à méditer et transcrire les œuvres de son maître. Elle s'y trouvait lorsque éclata un violent orage, elle entendit la foudre tomber sur la montagne, au-dessus d'elle, plusieurs rochers se détachèrent, roulèrent comme un torrent de pierres et l'un ferma l'entrée de la grotte. Elle tentait vainement de sortir lorsqu'elle aperçut Dominic là-haut, sur le rocher, en train de lui faire des signes et de lui parler dans une langue inconnue.

Il n'était pas toujours sûr de la comprendre et, cela même qu'il savait avoir compris, il ne le dévoilait que partiellement aux médecins. Il leur expliqua que la jeune femme croyait vivre en Inde centrale une douzaine de siècles plus tôt comme ermite bouddhiste. Les sédatifs la faisaient dormir une bonne partie de la journée.

Plusieurs médecins et psychologues de Zurich, Bâle et Genève vinrent l'examiner. Comme on pouvait s'y attendre, les journaux publiaient tous les jours des articles à son sujet et le nombre des correspondants étrangers qui assaillaient la clinique et demandaient des interviews aux docteurs ne cessait de croître.

Heureusement, la solution qu'il avait envisagée dès le début était en passe d'être retenue. Après avoir écouté la bande sur laquelle il avait enregistré la confession autobiographique de Veronica, il envoya, le lendemain même, un long télégramme à l'Institut oriental de Rome. Le surlendemain, à l'heure indiquée dans le télégramme, il communiqua par téléphone quelques-uns des éléments biographiques enregistrés. Par ailleurs, il en informa également l'un des plus proches collaborateurs de C. G. Jung. Deux jours plus tard, le professeur Tucci arrivait de Rome, accompagné par un assistant de l'Institut. Pour la première fois, Roupini put longuement discuter en sanscrit de la philosophie Madhyamika et surtout de son cher maître, Chandrakirti. Toutes les conversations étaient enregistrées et l'assistant en traduisait des passages en anglais, à l'intention des médecins et des journalistes. La discussion devenait délicate lorsque Roupini demandait ce qui lui était arrivé, où elle se trouvait, pourquoi personne ne la comprenait bien qu'elle eût essayé, à part le sanscrit, quelques dialectes indiens.

– Que lui dites-vous ? demanda-t-il un soir au professeur.

– Je commence toujours, évidemment, par lui rappeler la maya, la grande sorcière, le mirage cosmique. Ce n'est pas un rêve à proprement parler, lui dis-je, mais il participe de la nature illusoire du rêve parce qu'il s'agit du futur, et donc du temps. Or, le Temps est par excellence irréel... Je ne pense pas l'avoir convaincue. Mais, par bonheur, elle est passionnée de logique et de dialectique et c'est surtout de cela que nous discutons.

Dès que Matei suggéra un voyage en Inde, et plus précisément dans l'Uttar Pradesh, où se serait trouvée la grotte érémitique de Roupini, le professeur Tucci consentit à ce que l'Institut oriental patronnât l'expédition. Grâce à l'intervention de Jung, les frais seraient couverts par une fondation américaine. Lorsqu'ils eurent vent du projet, plusieurs journaux offrirent leur financement en échange de l'exclusivité du reportage. Il était pratiquement impossible d'éviter la publicité, d'autant qu'il fallait obtenir le consentement de la direction de la clinique, du gouvernement indien et de la famille de Veronica Bühler. Mais l'enquête effectuée à Liestal ne donna rien. Veronica ne s'y était installée que quelques années auparavant. Ses amis et ses collègues ignoraient tout de sa famille. Elle était née en Egypte et l'on finit par apprendre que ses parents y avaient divorcé alors qu'elle avait cinq ans. Son père, resté en Egypte, s'était remarié et n'avait plus donné signe de vie. Quant à sa mère, avec laquelle elle ne s'était jamais bien entendue, elle s'était établie aux Etats-Unis, mais on ne connaissait pas son adresse.

Finalement, la direction de la clinique autorisa le voyage en Inde, sous réserve que la malade fût accompagnée par l'un de ses médecins et par une infirmière. Il était entendu qu'elle serait endormie avant de quitter la clinique et que son sommeil devait durer jusqu'à proximité de Gorakhpur.

Un avion militaire les emmena de Bombay à Gorakhpur, où les attendaient six voitures pleines de journalistes et de techniciens et un car de la télévision. Ils montèrent vers la frontière du Népal jusqu'à la région où, selon les indications fournies par Roupini, devait se situer la grotte où elle avait accoutumé de méditer. Heureusement, à part Matei, un pandit de l'Uttar Pradesh, bon connaisseur de la philosophie Madyamika, se trouvait à son chevet lorsqu'elle se réveilla. Sur les instances du docteur, tous les autres s'étaient cachés dans les broussailles à une dizaine de mètres. Elle parla sur un ton menaçant au pandit, comme si elle le reconnaissait ; elle lui posa quelques questions, mais n'attendit pas les réponses et s'engagea vivement sur un sentier, en regardant droit devant elle et en répétant ses bénédictions favorites, qu'elle avait prononcées si souvent à la clinique. Après une vingtaine de minutes d'escalade, elle se mit à courir, haletante. Le bras tendu, elle désigna une arête rocheuse au flanc de la montagne.

– La voilà ! cria-t-elle.

Puis, mains et pieds adhérant à la pierre, elle grimpa avec une incroyable agilité. Une fois en haut, elle arracha d'un coup un arbuste rabougri, fit tomber de la mousse, écarta des branches mortes et découvrit une brèche. Tremblante, elle en approcha le visage et regarda à l'intérieur. Et tout à coup s'immobilisa, inerte.

– Elle s'est évanouie ! s'écria quelqu'un en bas, au moment où Dominic la rejoignait.

– Oui, elle s'est évanouie, confirma-t-il en lui soulevant doucement la tête.

Ils la descendirent, non sans peine, et cédèrent la place à l'équipe de techniciens. Ils portèrent la jeune femme sur une civière jusqu'à la voiture. Elle n'avait pas encore recouvré ses esprits, alors qu'ils avaient déjà parcouru une dizaine de kilomètres, quand ils entendirent la première charge de dynamite. En moins d'une demi heure, techniciens et journalistes réussirent à accéder à la grotte, au moyen d'une échelle de corde. A la lumière des torches électriques, ils virent le squelette. Recroquevillée comme si la mort l'avait surprise dans une position de méditation yoguique. A côté, à même le sol, un pot de grès, deux écuelles en bois et quelques manuscrits. C'est seulement en y touchant qu'ils se rendirent compte qu'ils étaient retournés en poussière depuis longtemps.

L'infirmière s'arrêta devant la porte.

– Elle s'est réveillée, dit-elle. Mais elle n'ouvre pas les yeux. Elle a peur.

Il s'approcha du lit.

– Veronica, murmura-t-il en lui posant la main sur le front.

La jeune femme ouvrit les yeux, le reconnut et son visage s'illumina – il ne l'avait encore jamais vue aussi heureuse. Elle lui saisit le poignet et essaya de s'asseoir.

– C'est vous ! s'exclama-t-elle. Vous, je vous reconnais. Nous vous avons demandé notre chemin ce matin... Mais où est Gertrud ? Où est-elle ? répéta-t-elle sans le quitter des yeux.

Il savait depuis le début, comme tous les autres membres du groupe, qu'il serait impossible d'éviter la publicité. La télévision avait enregistré les scènes les plus dramatiques et des dizaines de millions de téléspectateurs, après l'avoir entendue parler le sanscrit et un dialecte himalayen, l'avaient vue, à la fin du reportage, déclarer dans un anglais timide qu'elle s'appelait Veronica Bühler et ne connaissait bien que l'allemand et le français. Elle affirmait en outre n'avoir jamais tenté d'apprendre une langue orientale et, hormis quelques ouvrages de vulgarisation, n'avoir jamais rien lu sur l'Inde et la culture indienne. Comme il fallait s'y attendre, cela n'avait pas manqué de passionner le public indien d'abord et, vingt-quatre heures plus tard, l'ensemble de l'opinion mondiale. Pour l'immense majorité des intellectuels indiens, rien ne pouvait mieux confirmer la doctrine de la transmigration de l'âme : lors d'une existence antérieure, Veronica Bülher avait été Roupini.

– Mais je ne crois pas à la métempsycose, moi, chuchota-t-elle un soir, effrayée, en lui serrant la main. Ce n'était pas moi ! J'ai peut-être été possédée par un esprit.

Troublé par son regard angoissé, il ne savait que répondre, hésitait, et se mit à lui caresser la main. Alors, Veronica baissa la tête avec lassitude.

– J'ai peur de devenir folle, dit-elle.

Ils logeaient dans l'un des plus luxueux hôtels de Delhi, en tant qu'invités du gouvernement indien. Afin d'éviter les photographes, les journalistes et les curieux en général, leur groupe prenait ses repas dans une salle qui lui était exclusivement réservée, et sous bonne garde. S'ils visitaient quotidiennement des musées et divers établissements, s'ils rencontraient de nombreuses personnalités, ils ne se déplaçaient qu'en voiture, escortés par des motards. Autrement, ils n'osaient pas quitter leur étage. Ils n'osaient même plus emprunter les couloirs. En compagnie du docteur et de l'infirmière, ils avaient tenté une fois de sortir, tard, bien après minuit, dans l'espoir de monter discrètement dans un taxi, s'éloigner de l'hôtel et se promener dans les rues. Mais toute une meute les attendait devant la porte. Ils durent rebrousser chemin en catastrophe, sous la protection de la police.

– Je vais devenir folle, gémit-elle en sortant de l'ascenseur.

Le lendemain, il s'arrangea pour discuter seul à seul avec un reporter américain qui avait vainement essayé de les accompagner à Gorakhpur. Il lui promit l'exclusivité d'une longue interview et plusieurs révélations s'il réussissait à les faire parvenir à l'insu de tous dans une île de la Méditerranée où ils pourraient passer tous les deux, Veronica et Dominic, quelques mois incognito.

– Le temps que s'apaise le cyclone des journaux et des radios. Dans moins d'un an, tout cela sera oublié et nous pourrons retourner chacun à nos affaires...

Deux semaines plus tard, ils étaient installés dans une villa construite après la guerre, sur une colline, à quelques kilomètres de La Valette. Cependant, la préparation et l'enregistrement de l'interview duraient plus que prévu. Veronica commençait à donner des signes d'impatience.

– Nous parlons tellement et de tant de choses, et moi, je ne comprends pas l'essentiel : la transmigration de l'âme...

– Je te l'expliquerai quand nous serons vraiment seuls.

Elle lui jeta un regard tendre et demanda à mi-voix :

– Serons-nous enfin seuls un jour ?

Un soir, à Delhi, elle lui avait dit :

– Lorsque j'ai rouvert les yeux et que je t'ai vu et que

tu m'as dit pour Gertrud, je me suis rendu compte que je pensais à deux choses en même temps. Bien que mes parents soient certainement vivants, me disais-je, sans Gertrud je me retrouve orpheline. Et, au même instant, je pensais : si j'avais cinq ou six ans de plus et si tu me demandais ma main, j'accepterais...

– J'ai quatre-vingt-sept ans, dit-il d'une voix gaie, comme s'il plaisantait.

Il la vit rire alors pour la première fois.

– Plus que moi si je m'ajoutais l'âge de Roupini. Mais, je te l'ai déjà dit, je n'y crois pas. Je ne peux pas y croire.

– Dans un certain sens, tu as raison. Mais, je le répète, *dans un certain sens* seulement. Nous en reparlerons.

Il évita d'aborder le problème dans l'interview. Il se borna à citer les conceptions hindoues classiques, des Upanishad au Gautama Bouddha, et rappela également quelques interprétations contemporaines, notamment les commentaires de Tucci. Il réussit à garder l'anonymat : il était un jeune orientaliste, ami de Veronica depuis peu. Et, surtout, il s'était composé une nouvelle apparence depuis le mois d'août, les cheveux sur le front et une épaisse moustache blonde lui barrant la figure.

Un après-midi, alors qu'ils étaient seuls sur la terrasse, Veronica approcha sa chaise longue de la sienne.

– A présent, explique-moi... Mais, avant toute chose, raconte-moi *comment tu as su*.

– Je remonterai très loin, commença-t-il.

Ce fut un soir, au début d'octobre, qu'il comprit enfin. Assis l'un auprès de l'autre sur le canapé du salon, ils contemplaient les lumières du port, par-dessus la balustrade de la terrasse. Il lui sembla que Veronica l'épiait du coin de l'œil.

– Toi, tu as envie de me dire quelque chose et tu n'oses pas. Vas-y.

Je me disais qu'à force de nous voir tout le temps ensemble, sans compter que nous habitons sous le même toit, les gens vont finir par croire que nous nous aimons.

Il lui prit la main et la serra doucement entre les siennes.

– Mais nous nous aimons, Veronica. Nous nous aimons, nous couchons dans la même chambre, dans le même lit...

– C'est vrai ? murmura-t-elle.

Elle soupira, posa son front sur l'épaule de Dominic et ferma les yeux. Quelques instants plus tard, elle se dressait brusquement, le regardait comme si elle ne le reconnaissait pas et se mettait à parler une langue étrange, telle qu'il n'en avait jamais entendu. *C'était donc ça !* se dit-il. Voilà pourquoi je devais la rencontrer. Voilà le pourquoi de tout ce qui est arrivé... Lentement, prudemment, afin de ne pas l'effrayer, il alla chercher le magnétophone et le mit en route. Veronica parlait toujours, de plus en plus vite, tout en examinant ses mains ; soudain, elle porta son poignet à l'oreille et écouta le tic-tac de sa montre, l'air à la fois surprise et heureuse. Son visage s'illumina, elle paraissait sur le point d'éclater de rire. Et puis, tout à coup, elle sursauta, apeurée, gémit à plusieurs reprises et se frotta les yeux. Ensommeillée, elle se dirigea vers le canapé d'un pas incertain et Dominic eut juste le temps de la prendre dans ses bras quand il la vit chanceler. Il la porta dans leur chambre, l'étendit sur le lit et la couvrit d'un châle.

Elle se réveilla après minuit.

– J'ai eu peur, chuchota-t-elle. J'ai fait un mauvais rêve.

– Quel rêve ?

– Je ne veux pas me le rappeler ! J'aurais encore peur. Je me trouvais au bord d'un fleuve très large et un inconnu, avec une tête pareille à un masque de chien, s'approchait de moi. Il tenait à la main... Non, je ne veux pas m'en souvenir !

Et elle se blottit dans ses bras.

A partir de cette nuit-là, il ne la laissa plus seule : il redoutait une répétition brutale de ce qu'il appelait une crise para-médiumnique. Heureusement, le jardinier et les deux jeunes Maltaises qui tenaient la maison s'éclipsaient aussitôt le dîner fini.

– Raconte-moi encore, le pressait-elle chaque soir dès qu'ils se retrouvaient seuls. Explique-moi ! Parfois, je regrette de ne rien me rappeler de tout ce que savait Roupini...

Un matin, en rentrant du jardin, elle lui demanda inopinément :

– Tu n'as pas trouvé bizarre de les voir nous attendre là-bas, derrière la haie ? On aurait dit qu'ils nous espionnaient.

– Je n'ai vu personne. Où étaient-ils ?

Elle hésita un instant, évita son regard.

– Là-bas, juste à côté de la porte, comme s'ils nous espionnaient. Deux hommes drôlement accoutrés. Mais je me trompe peut-être, ajouta-t-elle en portant la main à son front. Ils n'étaient peut-être pas à notre porte...

Il lui prit le bras, l'entraîna à l'intérieur et l'aida à s'allonger sur le canapé.

– Tu as dû rester trop longtemps tête nue au soleil.

Cela fait une semaine, se dit-il. Le rythme est donc

hebdomadaire. Ce qui signifie que le tout pourrait durer un mois. Et ensuite, qu'adviendra-t-il de nous ?

Il s'assura qu'elle s'était bien endormie et, sur la pointe des pieds, alla chercher le magnétophone. Pendant quelque temps, le silence ne fut troublé que par les sifflements des merles et le souffle légèrement précipité de Veronica. Puis, un large sourire éclaira son visage et elle prononça, très lentement, quelques mots que suivit un mutisme concentré, anxieux, comme si elle attendait une réponse qui tardait à venir ou qu'elle ne réussissait plus à entendre. Elle se remit ensuite à parler, paisiblement, pareille à quelqu'un qui parle tout seul, elle répétait certains mots plusieurs fois, avec des intonations différentes mais toutes empreintes d'une profonde tristesse. Lorsqu'il vit des larmes rouler sur les joues de la jeune femme, il arrêta le magnétophone et le glissa sous le canapé. Puis il lui caressa doucement la main et essuya ses larmes. Un peu plus tard, il la prit dans ses bras et la porta dans la chambre à coucher. Il demeura auprès d'elle jusqu'à son réveil. Quand elle ouvrit les yeux, dès qu'elle le vit elle lui prit la main et la serra avec émotion.

– J'ai encore rêvé, dit-elle. C'était un rêve très beau, mais très triste : deux jeunes comme nous, qui s'aimaient et qui ne pouvaient pourtant pas rester ensemble. Je n'ai pas compris pourquoi, mais ils n'ont pas eu le droit de rester ensemble...

Il ne s'était pas trompé : le rythme était bien hebdomadaire, quoique les extases para-médiumniques eussent lieu à des heures différentes. Du matériel pour une histoire documentaire du langage, se dit-il en classant quatre bandes magnétiques. L'égyptien et l'ougaritique ont été suivis d'un échantillon de ce qui devait être du protoélamite et d'un de sumérien. Nous nous enfonçons de plus en plus loin dans le passé. Des documents pour l'Arche... Les linguistes donneraient n'importe quoi pour les étudier *aujourd'hui.* Mais jusqu'où ironsnous ? Jusqu'aux protolangages inarticulés ? Et ensuite ?...

L'expérience la plus étrange se produisit à la mi-décembre. C'était heureusement peu avant minuit et ils ne dormaient pas encore. Veronica poussa toute une série de cris gutturaux, préhumains, qui exaspérèrent et humilièrent Dominic : une telle régression dans la bestialité, se disait-il, ne devrait être tentée qu'avec des volontaires, pas avec un sujet inconscient. Les cris furent toutefois suivis, peu de temps après, par des groupes de phonèmes vocaliques clairs, d'une infinie variété, qu'interrompaient par moments de brèves explosions labiales, comme il n'eût pas imaginé qu'un Européen pourrait jamais les reproduire. Au bout d'une demi-heure, Veronica s'endormit en geignant légèrement. Je ne pense pas qu'ils aillent plus loin, se dit-il, et il arrêta le magnétophone. Ensuite il attendit. Il voulait se trouver auprès d'elle, sans dormir, lorsqu'elle se réveillerait. Il finit néanmoins par se coucher aussi, au petit matin.

Quand il se réveilla, peu avant huit heures, Veronica dormait encore et il n'eut pas le cœur de la réveiller. Elle dormit presque jusqu'à onze heures. En apprenant qu'il était si tard, elle se leva d'un bond.

– Qu'est-ce qui m'est arrivé ? demanda-t-elle.

– Rien. Tu étais sans doute très fatiguée. Et tu as peut-être fait un cauchemar...

– Non. Je n'ai pas rêvé. En tout cas, je ne m'en souviens pas.

Ils décidèrent de passer les réveillons de Noël et de la Saint-Sylvestre dans l'un des meilleurs restaurants de La Valette. Veronica réserva une table au nom de M. et Mme Gérald Verneuil. Elle avait trouvé le nom elle-même et ce fut elle également qui choisit les costumes.

– Je ne pense pas que nous risquions d'être reconnus, dit-elle. Même si, cet automne, nos photos ont fait la une de tous les journaux.

– Ça, tu peux en être sûre. Et ils en publient peut-être encore...

Elle rit, légèrement effarouchée et pourtant contente.

– J'aimerais bien en voir, de ces photos. Et j'aimerais en avoir quelques-unes, en souvenir. Mais c'est peut-être risqué de les chercher ?

– Je vais m'en occuper.

Mais, bien qu'il fût entré chez plusieurs libraires et marchands de journaux, il ne trouva rien de plus qu'un mensuel italien reproduisant trois photos de Veronica, prises en Inde.

– On dirait que j'étais plus jeune et plus belle alors, il y a trois mois, dit-elle.

Deux ou trois semaines plus tard, il se rendit compte qu'elle avait raison. Depuis quelque temps, elle paraissait moins jeune. C'est la faute de l'Arche, se dit-il. Les extases para-médiumniques l'ont épuisée.

– Je me sens tout le temps fatiguée, lui avoua-t-elle un matin, et je ne sais pas pourquoi. Je ne fais rigoureusement rien et je me sens quand même fatiguée.

Début février, il réussit à la convaincre de consulter un médecin de La Valette. Ils attendirent ensuite, inquiets, les résultats des nombreuses analyses.

– Madame n'a rien, absolument rien, lui dit le docteur lorsqu'ils furent seuls. Je vais pourtant lui prescrire des fortifiants, par voie intramusculaire. Son état pourrait être dû à la nervosité qui précède la ménopause chez certaines femmes.

– Quel âge lui donnez-vous ?

Le médecin rougit, embarrassé, se frotta les mains, haussa les épaules.

– La quarantaine, répondit-il en détournant les yeux.

– Et pourtant, je vous assure qu'elle ne mentait pas quand elle vous a dit qu'elle n'avait pas encore vingt-six ans.

L'effet des piqûres se faisait attendre. Veronica se sentait chaque jour plus lasse et il la surprit plusieurs fois en larmes devant son miroir. Un jour, alors qu'il descendait dans le parc, il entendit des pas rapides dans son dos et se retourna. C'était la cuisinière, affolée.

– *Professore*, bredouilla-t-elle, *la Signora ha il malocchio !*

J'aurais dû le comprendre plus tôt, se dit-il. Nous avons fait tous les deux notre devoir, à présent nous devons nous séparer. Et comme il ne pouvait y avoir d'argument plus convaincant, sauf un accident mortel ou un suicide, on a choisi celui-là : un processus de sénescence galopante.

Il n'osa cependant pas en parler à Veronica avant le matin où elle lui montra ses cheveux : ils avaient blanchi en une nuit. Elle sanglotait, adossée au mur, le visage dans ses mains. Il s'agenouilla à ses côtés.

– C'est de ma faute, Veronica. Ecoute-moi sans m'interrompre. Si nous restons ensemble, tu t'éteindras d'ici à cet automne... Je ne peux pas t'en dire plus, je n'en ai pas le droit, mais je t'assure qu'en réalité *tu n'as pas vieilli !* Dès que je sortirai de ta vie, tu retrouveras ta jeunesse et ta beauté.

Effrayée, Veronica chercha sa main, la prit entre les siennes, la couvrit de baisers.

– Ne me quitte pas, murmura-t-elle.

– Ecoute-moi ! Je t'en supplie, écoute-moi deux ou trois minutes encore. J'ai été prédestiné à perdre tout ce que j'aime. Mais je préfère te perdre jeune et belle, telle que tu étais et que tu seras de nouveau, plutôt que de te voir mourir dans mes bras... Ecoute-moi ! Je vais partir et si dans trois ou quatre mois tu n'es pas redevenue telle que cet automne, je reviendrai. Je reviendrai dès que tu m'enverras un télégramme. Je ne te demande qu'une chose : attendre trois ou quatre mois sans que nous nous voyions...

Le lendemain, il lui expliqua dans une longue lettre pourquoi il n'aurait pas le droit de venir la rejoindre lorsqu'elle aurait recouvré la jeunesse. Et, Veronica finissant par accepter de tenter l'expérience, ils décidèrent de quitter la villa. Elle passerait ses premières semaines de repos dans un couvent, tandis qu'il prendrait immédiatement l'avion pour Genève.

Trois mois plus tard, il recevait le télégramme : « Tu avais raison. Je t'aimerai toute ma vie, Veronica. » Il répondit : « Tu seras heureuse, Adieu. »

La même semaine, il partit pour l'Irlande.

V

Sans moustache et sans ces cheveux sur le front qui le faisaient ressembler à certains poètes de l'époque crépusculaire du romantisme, il ne craignait pas d'être reconnu. D'ailleurs, depuis son retour de Malte, il fréquentait d'autres milieux, essentiellement des linguistes et des critiques littéraires. La conversation tombait parfois sur le cas Veronica – Roupini ; aux questions qu'il posait, on comprenait vite combien il était peu et mal informé. Il accepta, durant l'été 1956, de collaborer à un album documentaire James Joyce. Il accepta parce que le projet lui permettait de visiter Dublin, l'une des rares villes qu'il souhaitait connaître. Il y retourna dès lors tous les ans, peu avant Noël ou au début de l'été.

Ce fut seulement au cours de son cinquième voyage, en juin 1960, qu'il rencontra Colomban, un soir, par hasard, dans un pub, du côté de la rue O'Connell. Dès qu'il le vit, Colomban s'approcha et lui serra vigoureusement la main entre les siennes avant de l'inviter à sa table :

– Depuis le temps que je vous attends ! s'écria-t-il sur un ton pathétique, presque théâtral. C'est la cinquième fois que je viens exprès ici, rien que pour vous rencontrer.

C'était un homme sans âge, à la figure constellée de taches de rousseur, à moitié chauve et dont les favoris cuivrés contrastaient avec le blond fadasse de ses cheveux.

– Si je vous disais que je vous connais, que je sais *très bien* qui vous êtes, vous ne me croiriez pas. Je ne dirai donc rien... Mais, vu que je suis sans doute condamné aussi à devenir centenaire, je voudrais juste vous poser une question : *que faire du Temps ?* Je m'explique...

Cependant, alors que Matei attendait la suite en souriant, Colomban se leva brusquement.

– Ou bien non, posons plutôt la question à Stephens, dit-il et il se dirigea vers le comptoir.

Il en revint en compagnie d'un jeune homme maigre, habillé au décrochez-moi-ça, qui lui serra timidement la main et s'assit en face de lui.

– Excusez ses petites manies, dit posément le jeune homme. Il me demande tout le temps de déclamer – il pense peut-être que j'ai une meilleure diction –, il me demande de déclamer "*Que faire du Temps ?*" Voici à peu près sa grande découverte : la question "Que faire du Temps ?" exprime l'ambiguïté suprême de la condition humaine. Car, d'une part, les hommes – *tous les hommes !* – veulent vivre longtemps, centenaires si possible ; mais, pour l'immense majorité, dès qu'ils ont soixante ou soixante-cinq ans et prennent leur retraite, c'est-à-dire qu'ils deviennent *libres de faire ce qu'ils veulent*, ils s'ennuient : ils découvrent qu'ils n'ont que faire de leurs loisirs. D'autre part, plus l'homme avance en âge, plus son temps intérieur accélère son rythme, si bien que ceux-là même, fort rares, qui *sauraient* que faire de leur temps libre, *n'arrivent pas* à réaliser grand-chose. Enfin, il faut ajouter à tout cela...

Colomban lui posa la main sur le bras et l'interrompit :

– Ça suffit pour aujourd'hui. Dans le temps tu le disais mieux, tu étais plus persuasif.

Il se retourna ensuite vers Matei :

– Le problème du Temps, nous y reviendrons. Pour le moment, je voudrais vous demander si vous avez eu l'occasion de lire cet article.

Et il lui tendit une page découpée dans un magazine américain. « Il parlait quelquefois d'une nouvelle qualité de la vie et insistait sur le fait qu'elle pouvait et *devait* être découverte par chacun de nous. Dès son réveil, il éprouvait une joie profonde qu'il ne savait comment décrire. Certes, la joie de se sentir vivant, en bonne santé, mais bien plus également : la joie de savoir qu'il existe d'autres gens, qu'il y a les saisons, qu'aucune journée ne ressemble à une autre, la joie de pouvoir contempler les animaux et les fleurs, de pouvoir caresser les arbres. Dans la rue, sans même regarder autour de lui, il sentait qu'il faisait partie d'une immense communauté, qu'il constituait une partie du monde. Même les choses laides – par exemple un terrain vague jonché d'immondices – semblaient mystérieusement illuminées par un rayonnement intérieur. »

– C'est très intéressant, dit-il quand il eut fini de lire la colonne. Mais il doit y avoir une suite...

– En effet. C'est tout un article, assez long. Intitulé "Un jeune homme de soixante-dix ans" et signé Linda Gray.

Il ne chercha pas à cacher sa surprise.

– Je ne savais pas qu'elle s'était mise à écrire, dit-il en souriant.

– Ça fait déjà pas mal de temps et elle écrit bien,

répondit Colomban. Mais je voulais m'assurer d'avoir bien compris : la longévité devient supportable, et même intéressante, *seulement* si l'on a découvert au préalable la technique des béatitudes simples...

– Je ne pense pas qu'il s'agisse d'une technique...

– Sauf votre respect, je dois vous contredire. Connaissez-vous d'autres exemples de centenaires ou de quasi-centenaires vivant les béatitudes décrites par Linda Gray, à part les solitaires taoïstes, les maîtres du Zen, certains yogis ou certains moines chrétiens ? Bref, les pratiquants des diverses disciplines spirituelles ?

– On connaît pas mal d'exemples. Naturellement, la plupart sont des paysans, des bergers, des pêcheurs... des gens simples, comme on dit. Ils ne disposent pas d'une technique proprement dite. Mais ils pratiquent évidemment une certaine discipline spirituelle : la prière, la méditation...

Il s'interrompit en voyant s'arrêter devant leur table un homme âgé, entièrement chauve, un long fume-cigarette en ambre jaune aux lèvres.

– Il est inutile de discuter, dit le nouveau venu à Colomban. Dans un cas comme dans l'autre, le problème reste le même : sans cette nouvelle qualité de la vie dont parle Linda Gray, la longévité devient un fardeau et parfois même une malédiction. Et alors, dans ce cas, *qu'adviendra-t-il de nous ?*

Colomban fit les présentations :

– Le docteur Griffith. Il était avec nous quand c'est arrivé.

Il se tut et chercha le regard de Griffith.

– Il faudrait peut-être lui expliquer de quoi il retourne ?

Le médecin s'assit. Il tirait sur son fume-cigarette, les

yeux fixés sur une vieille chromolithographie. Il finit par répondre :

– Vas-y, raconte. Mais commence par l'essentiel. L'essentiel, précisa-t-il, ce n'est pas la biographie de Bran, mais la signification du centenaire.

Colomban leva les bras en l'air, comme s'il voulait l'interrompre et l'acclamer en même temps.

– Un mot de plus, docteur, et il me faudra commencer par la fin !

Puis il se tourna vers Matei et lui jeta un regard qui parut à ce dernier vaguement provocateur.

– Bien que vous ayez une réputation d'omniscience, je suis certain que vous ne savez rien de Sean Bran. Même ici, à Dublin, peu de monde se souvient de lui. Il était poète, mais également magicien et révolutionnaire ou, plutôt, nationaliste. Il est mort en 1825 et, trente ans plus tard, en juin 1855, ses admirateurs – il en avait encore pas mal à l'époque – ont inauguré dans un square un monument à sa mémoire : un buste médiocre sur un socle de roche marine. Le même jour, ils ont planté un chêne à trois mètres environ derrière la statue.

– C'était le 23 juin 1855, précisa le docteur Griffith.

– Exactement. Et, il y a cinq ans, nous, les derniers admirateurs du *poète* et *magicien* Sean Bran, nous avons organisé une cérémonie dans le square qui porte son nom. Nous espérions ainsi rendre Bran à l'actualité. Nous nous faisions des illusions car les quelques personnes qui aiment encore sa poésie n'apprécient guère ses pratiques magiques. Quant aux irrédentistes, qui admirent son nationalisme...

– Tu as oublié l'essentiel, grommela le docteur, tu as oublié James Joyce.

– C'est très important, confirma Stephens.

– En effet, avoua Colomban. Si les espoirs que nous placions en *Finnegans Wake* s'étaient réalisés, Sean Bran serait aujourd'hui un nom célèbre. Car, vous ne l'ignorez pas, tout ce qui touche à la vie ou à l'œuvre du grand homme est destiné à la célébrité. Une tradition orale, dont nous n'avons pas réussi à identifier l'origine, prétend que Joyce aurait fait dans *Finnegans Wake* toute une série d'allusions à l'esthétique et surtout aux *conceptions magiques* de Bran. Selon cette tradition, Joyce aurait refusé d'en préciser davantage, d'indiquer le contexte ou ne fût-ce que les pages où se trouveraient ces allusions. Nous avons été quelques-uns à essayer de les découvrir, des années durant. Vainement jusqu'ici. Si la tradition exprime la vérité, les éventuelles allusions dorment, occultées, dans les cent quatre-vingt-neuf pages de *Finnegans Wake* qui attendent encore d'être déchiffrées...

– C'est seulement quand cet échec est devenu évident, intervint Griffith, que nous avons décidé de célébrer le centenaire. Peut-être avons-nous commis une erreur en choisissant *le centenaire d'une statue* au lieu d'une commémoration de nature biographique.

– Quoi qu'il en soit, reprit Colomban, dès que nous nous sommes rassemblés dans le square, nous avons compris que nous courions irrémédiablement au fiasco. Il avait fait lourd toute la matinée...

– C'était un 23 juin, rappela le docteur.

– ... très lourd, poursuivit Colomban, et, au début de l'après-midi, le ciel paraissait de plomb. Même les quelques journalistes qui nous avaient promis leur concours n'ont pas eu le courage de rester. Quant aux rares spectateurs présents, ils ont décampé dès qu'on a entendu les premiers coups de tonnerre et que les premières gouttes de pluie se sont mises à tomber. Lorsque l'orage a éclaté, il n'y avait plus que nous, les six à avoir pris l'initiative de la commémoration...

Griffith se leva brusquement.

– Je pense qu'il est temps de nous rendre au square, dit-il. Ce n'est pas loin.

– Si on trouve un taxi, prenons-le quand même, suggéra Colomban.

Ils en trouvèrent un au coin de la rue.

– Il n'y avait donc plus que nous six, reprit Colomban. Comme il pleuvait à torrents, nous nous sommes abrités sous le chêne...

– Et bien entendu, à un moment donné, dit Matei en souriant, à un moment donné...

– Oui. A un moment donné, alors que nous ne nous y attendions d'ailleurs plus, car nous pensions que l'orage était pratiquement passé et nous nous demandions si nous allions lire dans cinq ou dix minutes les discours qui se trouvaient dans nos poches ou s'il valait mieux attendre que le ciel soit complètement découvert, dans l'espoir qu'une partie au moins des invités reviendrait...

– Bref, conclut le docteur, à un moment donné la foudre est tombée sur le chêne et l'a entièrement embrasé.

– Mais aucun de nous six n'a été touché, dit Stephens. Moi, j'ai seulement senti une terrible chaleur, torride, parce que le chêne flambait...

Le taxi stoppa. Ils descendirent, Colomban paya et reprit le récit :

– Il n'a pourtant pas complètement brûlé. Comme vous le voyez, il reste une partie du tronc.

Ils firent quelques pas et s'arrêtèrent devant les grilles qui entouraient le monument. Il n'était pas éclairé mais les réverbères du square permettaient de le distinguer assez nettement. La roche, dont la masse se dressait obliquement, ne laissait pas d'impressionner et le buste avait acquis une noble patine, presque mélancolique. Derrière, se découpait le tronc épais et mutilé du chêne, avec de larges portions carbonisées, mais aussi quelques frêles rameaux verts.

– Comment se fait-il qu'on l'ait laissé comme ça ? demanda Dominic, troublé. Qu'on ne l'ait pas arraché pour en planter un autre ?

Colomban éclata d'un rire ironique et se frotta nerveusement les favoris.

– Pour l'instant, répondit-il, la municipalité le considère aussi comme un monument historique. Sean Bran n'est pas devenu populaire, mais cette histoire, l'histoire du chêne foudroyé *le jour même* de ses cent ans l'est devenue, elle.

Ils faisaient lentement le tour des grilles.

– Vous comprenez maintenant, reprit Colomban, pourquoi le problème du Temps nous intéresse. On dit, et je suis persuadé que c'est vrai – mon père a connu de tels cas –, on dit que les personnes qui se trouvaient sous un arbre quand il a été foudroyé et qui s'en sont sorties indemnes sont destinées à vivre cent ans.

– Je n'avais jamais entendu parler d'une croyance pareille, dit Matei, mais elle semble logique.

Le spectacle était si impressionnant – la roche marine vue de derrière, le tronc haut de trois mètres, écorcé, carbonisé, mais conservant malgré tout des branches vivantes – qu'il recula de quelques pas pour le contempler encore une fois.

– Le plus étrange, dit Griffith lorsqu'ils revinrent devant la statue, étrange et triste à la fois, c'est que la police a découvert le lendemain une charge de dynamite sous le socle. Sans la pluie, elle aurait explosé pendant les discours et aurait mutilé ou même détruit le monument.

Matei, qui l'écoutait attentivement, s'arrêta et le fixa dans les yeux.

– Mais pourquoi ? demanda-t-il à mi-voix, sur un ton où perçait une certaine inquiétude. Qui aurait intérêt à détruire un monument historique ?

Griffith et Colomban échangèrent des regards d'intelligence et sourirent. Ce fut Stephens qui répondit :

– Bien des gens. D'abord les irrédentistes, indignés de voir le révolutionnaire Bran récupéré par quelques poètes, philosophes et occultistes...

– Ensuite, continua Colomban, l'Eglise, plus précisément les ultramontains et les obscurantistes qui voient en Sean Bran le prototype du magicien satanique, ce qui est absurde puisque Bran suivait la tradition de la magie de la Renaissance, les conceptions de Pic de La Mirandole ou de G. B. Porta...

– Inutile d'entrer dans les détails, dit Griffith. Une chose est certaine : la hiérarchie ecclésiastique n'est pas disposée à accepter Sean Bran.

Ils marchaient à présent tous les quatre au milieu de la rue déserte, mal éclairée.

– Mais, fit Colomban, revenons à l'essentiel, c'est-à-dire à notre problème : condamnés à vivre cent ans, que faire du Temps ?

– Je préférerais en discuter une autre fois, dit Matei. Demain ou après-demain, comme vous voudrez. Retrouvons-nous un soir dans un jardin public.

S'il acceptait de les revoir, c'était surtout afin de savoir pour qui le prenait Colomban. A certains moments, celui-ci lui parlait comme s'il s'adressait à un spécialiste de *Finnegans Wake*. Mais, par ailleurs, il avait conservé ce fragment d'« Un jeune homme de soixante-dix ans » et savait qui était Linda Gray ou, tout au moins, n'ignorait pas le prestige dont elle jouissait en tant qu'auteur.

Stephens le raccompagna à son hôtel. Au moment de le quitter, après avoir regardé plusieurs fois alentour, le jeune homme dit :

– Colomban est un pseudonyme. Et il vaut mieux que vous sachiez que Griffith et lui pratiquent la magie noire. Demandez-leur ce que sont devenus les trois autres qui se trouvaient sous le chêne quand la foudre est tombée. Et demandez-leur aussi quel sera le titre du bouquin qu'ils écrivent ensemble. D'ailleurs, je peux vous le dire moi-même : *Théologie et démonologie de l'électricité.*

Le titre lui plut. Il le nota dans son cahier intime, après avoir résumé leur première rencontre et essayé de préciser la signification de l'incident du 23 juin 1955. Il était intrigué par le fait que l'explosion qui devait faire sauter la statue avait été empêchée par la pluie et remplacée par la foudre qui avait incendié le chêne centenaire. De ce point de vue, l'incident lui apparaissait comme une parodie, presque une caricature de l'épiphanie de la foudre. Cependant, la substitution de l'objet – le chêne à la place de la statue – restait énigmatique. Mais rien de ce qu'il apprit au cours des trois rendez-vous qui suivirent ne lui apporta d'explication.

Il se rappela le titre quatre ans plus tard, pendant l'été 1964, à un colloque sur le *Mysterium Conjunctionis* de Jung. Un jeune psychiatre y évoqua

« l'eschatologie de l'électricité » et rappela l'unité des contraires en un seul tout, processus psychologique qui, affirmait-il, doit être interprété à la lumière des philosophies hindoue et chinoise. Pour le vedanta comme pour le taoïsme, les contraires s'annulent s'ils sont envisagés sous une certaine perspective, le bien et le mal perdent leur sens et, dans l'absolu, l'être et le non-être coïncident. Mais ce que personne n'ose dire, poursuivit le jeune homme, c'est que, à l'horizon de cette philosophie, les guerres atomiques doivent être, sinon justifiées, du moins acceptées.

– Quant à moi, ajouta-t-il, je vais plus loin : je justifie les conflagrations nucléaires au nom de l'eschatologie de l'électricité !

Le tumulte qui se déclencha obligea le président à lui retirer la parole. Quelques minutes plus tard, le jeune homme quittait la salle. Matei le suivit et le rattrapa dans la rue.

– Je regrette qu'on vous ait empêché d'exposer votre opinion jusqu'au bout. En ce qui me concerne, je suis vivement intéressé par cette notion d'"eschatologie de l'électricité". Qu'entendez-vous par là ?

Le jeune homme le dévisagea d'un œil incrédule et haussa les épaules.

– Je n'ai pas envie de discuter en ce moment, dit-il. La lâcheté de la pensée contemporaine m'exaspère. Je préfère boire une bière...

– Si vous n'y voyez pas d'inconvénient, je vous accompagnerai.

Ils s'assirent à une terrasse. Le jeune homme ne cherchait pas à dissimuler son énervement.

– Je suis probablement le dernier optimiste d'Europe, dit-il. Comme tout le monde, je sais ce qui nous attend :

l'hydrogène, le cobalt et le reste. Mais, à la différence des autres, j'essaye de trouver un sens à cette catastrophe imminente et donc de m'y faire, comme nous l'enseigne ce vieux Hegel. Le vrai sens du cataclysme nucléaire ne peut être qu'un seul : la mutation de l'espèce humaine, l'apparition du surhomme. Les guerres atomiques, je le sais, anéantiront peuples et civilisations, transformeront en désert une partie de notre planète. Mais c'est le prix qu'il nous faut payer pour liquider radicalement le passé et forcer la mutation, c'est-à-dire l'apparition d'une espèce infiniment supérieure à l'homme d'aujourd'hui. Seule une énorme quantité d'énergie électrique, déchargée en quelques heures ou quelques minutes, pourra modifier la structure psychomentale de ce malheureux *homo sapiens* qui a dominé l'histoire jusqu'ici. Etant donné les possibilités illimitées de l'homme post-historique, la reconstruction d'une civilisation planétaire pourra se réaliser en un temps record. Evidemment, quelques millions d'individus seulement survivront. Mais ils représenteront quelques millions de surhommes. Voilà pourquoi j'utilise l'expression d'eschatologie de l'électricité : et *la fin* et *le salut de l'homme* seront dus à l'électricité, conclut-il et il vida son demi.

– Mais pourquoi êtes-vous si sûr que l'électricité déchargée par les explosions nucléaires provoquera une mutation progressive ? Elle pourrait tout aussi bien déterminer une régression de l'espèce.

Le jeune homme tourna brusquement la tête et le dévisagea d'un air sévère, presque furieux.

– Je n'en suis pas *sûr*, mais *je veux* croire qu'il en sera ainsi. Autrement, ni la vie ni l'histoire de l'homme n'auraient de sens. Nous serions forcés d'admettre l'idée des cycles cosmiques et historiques, le mythe de l'éternelle répétition. D'autre part, mon hypothèse n'est pas seulement le résultat du désespoir. Elle repose sur des faits. Je ne sais pas si vous avez entendu parler des expériences d'un savant allemand, le docteur Rudolf.

– Si, par hasard. Mais ses expériences, l'électrocution d'animaux, ne sont pas concluantes...

– C'est ce qu'on dit. Cependant, ses archives ayant presque entièrement disparu, il est difficile d'en juger. En tout état de cause, tant qu'on a pu les consulter, on n'a pas décelé la moindre indication de régression biologique. Par ailleurs, vous avez certainement lu le roman de Ted Jones, *Rajeunissement par la foudre*.

– Non. Je n'en ai même pas entendu parler.

– Si ce problème vous intéresse, vous devriez le lire. Dans sa postface, l'auteur laisse entendre que son roman repose sur des faits réels. Seuls la nationalité et les noms des personnages ont été changés.

– Et de quoi s'agit-il ?

– Jones décrit la régénération et le rajeunissement d'un vieillard frappé par la foudre. Détail significatif : la foudre est tombée au centre de la calotte crânienne. A quatre-vingts ans, le personnage – qui, je le répète, est réel – a l'air d'en avoir trente. Nous sommes donc certains d'une chose au moins : dans certains cas, l'électricité à doses massives provoque une régénération totale du corps humain et, par conséquent, un rajeunissement. Malheureusement, le roman ne fournit pas d'indications précises sur la modification de l'expérience psychomentale. Il fait juste allusion à l'hypermnésie. Mais vous pouvez imaginer la transformation radicale qu'apportera l'énergie électrique de quelques dizaines ou centaines de bombes à hydrogène.

Quand Matei se leva et le remercia, le jeune homme le regarda pour la première fois avec un certain intérêt, presque avec sympathie.

Une fois chez lui, il nota dans son calepin : « 18 juillet 1964. Eschatologie de l'électricité. Je crois pouvoir ajouter *Finale*. Je ne pense plus avoir l'occasion de consigner d'autres événements ou rencontres du même intérêt. »

Pourtant, deux ans plus tard, le 10 octobre 1966, il écrivait : « Evacuation des documents. Je reçois un nouveau passeport. » Autrefois, il eût raconté ces deux épisodes dans le détail. Surtout l'admirable – et mystérieuse – opération de transfert des documents. Sa banque lui transmit la lettre d'une compagnie aérienne lui annonçant que les frais de transport des boîtes contenant manuscrits et bandes magnétiques avaient été réglés auprès de sa succursale hondurienne. Conformément à une entente préalable, l'un des employés genevois de la compagnie se rendrait à son domicile afin de veiller au bon emballage du matériel. Il s'agissait naturellement d'un spécialiste, qu'on avait bien renseigné sur la nature des objets à transporter. Quand on eut apporté de la banque deux caisses presque pleines, ils travaillèrent ensemble jusqu'au soir. A l'exception de ses cahiers intimes et de quelques objets personnels, tout fut rangé dans des sacs et des boîtes cachetés et numérotés. Pendant un certain temps, il redouta que l'évacuation des documents n'annonçât l'imminence de la catastrophe, mais une série de rêves consécutifs le rassura.

Ensuite, bien que succinctes et énigmatiques, les notes

se multiplièrent. En décembre 1966 : « Il faudra pourtant que je lui écrive pour le remercier. Le livre est bien plus intelligent que je ne m'y attendais. » Il fut sur le point d'ajouter : « Le plus extraordinaire : comment Jones a-t-il deviné mon nom et trouvé mon adresse ? » En février 1967 : « Enquête concernant la destruction des archives du docteur Rudolf. » En avril : « R.A., rencontré par hasard, me confie sous le sceau du secret que les recherches préliminaires se sont achevées : *il est certain* désormais que, dans ses deux valises, Bernard transportait les documents les plus précieux (sans doute les rapports de Stànciulescu et mes cahiers 1938-1939). »

Le 3 juin 1967 : « La polémique Roupini – Veronica a repris en Inde. De plus en plus de savants mettent en doute l'authenticité des enregistrements effectués à la clinique. Argument décisif : Veronica et son accompagnateur ont disparu sans laisser de traces peu de temps après le retour de l'expédition. Un grand philosophe matérialiste écrit : "Maintenant que près de douze ans ont passé, toute confrontation des témoins est devenue impossible." » Le 12 octobre : « Linda a obtenu le prix Pulitzer pour son nouveau livre, *Une biographie*. La biographie de qui ? »

Et puis, le 12 juin 1968 : « Veronica. Heureusement, elle ne m'a pas vu. » Quelques instants après, il ajouta : « En gare de Montreux, deux beaux enfants auprès d'elle, elle leur expliquait une affiche touristique. Elle paraît son âge, peut-être même un peu plus jeune. Une seule chose compte : elle est heureuse. »

Le 8 janvier 1968, il fêta ses cent ans dans un somptueux restaurant niçois, en compagnie d'une jeune Suédoise, Selma Eklund, qu'il admirait pour son interprétation intelligente et originale du drame médiéval. Selma venait d'avoir vingt-huit ans ; il lui avoua, en plaisantant à moitié, qu'il frisait la quarantaine. La soirée fut ratée : Selma n'était sans doute pas habituée au champagne et il dut la ramener à son hôtel avant le dessert. Il se promena seul jusque tard après minuit dans des rues peu fréquentées.

Il voulait cependant marquer son « premier centenaire », comme il aimait à le nommer, par un voyage tant soit peu spectaculaire. Bien des années auparavant, il s'était rendu au Mexique et ensuite en Scandinavie. Il souhaitait à présent visiter la Chine ou Java. Mais la décision ne pressait pas : J'ai toute l'année à ma disposition, se répétait-il.

Un soir d'automne, il rentra chez lui plus tôt que d'habitude. Une averse glaciale l'avait obligé à renoncer à sa longue promenade dans le parc. Il faillit téléphoner à une amie mais se ravisa et décida de se mettre un disque. Par un soir aussi froid, seule la musique... Seule la musique, répéta-t-il d'une voix lointaine, surpris de trouver, égaré parmi les disques, son album de famille. Il le prit, les sourcils froncés, et sentit tout à coup un grand froid, comme si l'on avait brusquement ouvert les fenêtres. L'album à la main, il demeura ainsi pendant quelque temps, indécis. Et *la troisième rose ?* s'entendit-il penser. Où veux-tu que je la mette ? Laisse l'album et montre-moi où tu veux que je mette la rose. *La troisième rose...*

Il rit, d'un rire amer, contrarié. Je suis malgré tout un homme libre, se dit-il. Doucement, non sans émotion, il ouvrit l'album. Une rose fraîchement cueillie, mauve, comme il n'en avait vu qu'une fois jusque-là, l'attendait entre les deux pages. Il la prit dans sa main, heureux. Il n'eût pas imaginé qu'une seule rose pouvait suffire pour embaumer toute une pièce. Il hésita longtemps. Puis il posa la fleur à côté de lui, sur l'accoudoir du fauteuil, et contempla longuement la première photographie. Elle était pâle, décolorée, jaunie, mais il reconnut aussitôt la maison de ses parents à Piatra Neamt.

VI

Il avait commencé à neiger quelques heures plus tôt et puis, après Bacàu, ce fut carrément la tempête. Mais, lorsque le train entra en gare de Piatra Neamt, il ne neigeait plus et, dans le ciel lavé, les premières étoiles scintillaient d'un éclat froid. Malgré les immeubles récemment construits de part et d'autre, il reconnut la grand-place, immaculée sous la neige fraîche. Il lui parut cependant bizarre, à quelques jours de Noël, de voir si peu de fenêtres éclairées. Sa valise à la main, il resta longtemps à contempler, ému, le boulevard qui s'ouvrait devant lui. Il ne sortit de sa rêverie que pour voir la famille avec laquelle il avait partagé son compartiment prendre le dernier taxi. Qu'à cela ne tienne, il irait à pied : l'hôtel où on lui avait réservé une chambre se trouvait assez près. Il releva le col de son pardessus, traversa la place sans hâte et s'engagea sur le boulevard. Une fois arrivé, il s'aperçut que son bras gauche était engourdi : la valise pesait plus lourd qu'il ne l'avait imaginé. Il présenta son passeport et le récépissé de l'Office du tourisme.

– Mais vous parlez très bien le roumain, remarqua la réceptionnaire après avoir examiné son passeport.

Elle avait les cheveux blancs, portait des lunettes finement cerclées et il fut impressionné par la noblesse de son visage et la distinction de sa voix.

– Je suis linguiste, spécialiste des langues romanes. En outre, je suis déjà venu en Roumanie. Et même à Piatra Neamt, lorsque j'étais étudiant... Au fait, le café "Sélect" existe-t-il toujours ?

– Evidemment ! C'est un monument historique. Calistrat Hoga y allait. Vous avez sans doute entendu parler de lui.

– Naturellement.

– C'était entre 1869 et 1886, lorsqu'il était professeur ici, à Piatra Neamt. On a d'ailleurs apposé une plaque... Vous avez la chambre dix-neuf, au troisième. Prenez l'ascenseur.

– Je crois que je vais d'abord faire un saut au "Sélect". Ce n'est pas loin. Je serai de retour dans une heure, une heure et demie.

Il lui sembla que la réceptionnaire lui jetait un regard étonné par-dessus ses lunettes.

– Ne prenez pas froid, dit-elle. Les rues ne sont pas déblayées et on a encore annoncé de la neige.

– Une heure, une heure et demie au plus, répéta-t-il en souriant.

Au bout d'une dizaine de minutes, il constata que la réceptionnaire avait raison : des congères barraient certaines rues et il avançait péniblement. Mais, à proximité du café, le trottoir était dégagé et il hâta le pas. Il s'arrêta devant la porte pour reprendre son souffle et attendre que se calment les battements de son cœur. Dès qu'il entra, il reconnut l'odeur de bière, de café frais moulu et de cigarettes bon marché. Il se dirigea vers l'arrière-salle, où ils se réunissaient jadis. Elle était presque vide – trois hommes seulement, autour d'une table, y finissaient leurs bocks. C'est ce qui explique qu'ils n'aient allumé que l'ampoule du plafond, la plus faible, se dit-il ; ils font des économies. Il s'assit sur la banquette. Le regard perdu dans le vide, il attendait le garçon, sans savoir s'il demanderait aussi un bock ou bien un café et une bouteille d'eau minérale. Bientôt, les trois clients repoussèrent bruyamment leurs chaises et se levèrent.

– On n'est toujours pas arrivé à une conclusion ! s'exclama l'un d'entre eux en nouant à son cou une écharpe de laine grise.

– Ça ne fait rien !

– Ça ne fait rien, répéta le troisième et il fit un clin d'œil entendu. Tu vois ce que je veux dire, ajouta-t-il comme ils s'en allaient.

Resté seul, il se demandait si cela valait la peine d'attendre le garçon lorsqu'il remarqua que quelqu'un s'approchait de lui timidement, d'un pas hésitant, en le dévisageant avec curiosité. Il le reconnut seulement quand l'homme s'arrêta devant lui : c'était Vaian, qui se précipita, lui prit la main et la serra vigoureusement entre les siennes.

– C'est donc bien vous, monsieur Dominic ! s'écria-t-il. Dieu merci, vous êtes revenu ! Vous vous en êtes sorti !

Puis il se retourna et cria :

– Docteur ! Venez vite, docteur, M. Dominic est de retour !

Il ne lui lâchait pas la main et continuait de la secouer. En quelques instants, tout le groupe fit irruption dans la salle, le docteur Neculache et Nicodim en tête, ce dernier tenant une bouteille de Cotnar de la main gauche et un verre à demi plein de la droite. Ils le regardaient avec une joie mêlée de peur, se bousculaient pour mieux le voir, répétaient, clamaient son nom. Quant à lui, il était tellement ému qu'il craignait de sentir bientôt des larmes sur ses joues et qu'il lui fallut faire un effort pour rire.

– Par conséquent, dit-il, l'histoire repart à zéro. Je rêve et c'est quand je me réveillerai que j'aurai l'impression de commencer à rêver pour de bon... Comme dans cette histoire de Tchouang-tseu, son histoire de papillon...

– Tchouang-tseu ? répéta Vaian à voix basse. L'histoire du papillon de Tchouang-tseu ?

– Je vous l'ai racontée si souvent, rappela-t-il, soudain d'excellente humeur.

Il entendit une voix crier :

– Il faut aller prévenir Veta !

– Non, dit-il, laissez-la tranquille. Je n'ai pas besoin de Veta pour vous croire. Je me rends bien compte que je rêve et que je vais me réveiller dans deux minutes.

– Ne vous fatiguez pas, lui dit le docteur en lui posant la main sur l'épaule. Après tout ce qui vous est arrivé... Ne vous fatiguez pas.

Il éclata de rire.

– Je sais, commença-t-il d'une voix calme, comme s'il voulait éviter de les froisser, je sais bien que tout ça, notre rencontre en ce moment ici et ce qui va suivre, que tout aurait pu arriver en décembre 1938...

– Mais c'est bien ce qui arrive, monsieur Dominic, rétorqua Vaian. Puisque nous sommes le 20 décembre 1938.

Il le toisa ironiquement, mais non sans une certaine compassion.

– Je n'ose même pas vous dire en quelle année nous sommes, nous autres, qui vivons hors de ce rêve. Si je faisais un effort, je me réveillerais.

– Mais vous ne dormez pas, intervint le docteur. Seulement, vous êtes fatigué... Vous avez d'ailleurs très mauvaise mine.

– Eh bien ! s'écria-t-il, perdant brusquement patience, sachez qu'entre le 20 décembre 1938 et ce soir, bien des choses se sont passées ! La Seconde Guerre mondiale, par exemple. Vous avez entendu parler d'Hiroshima ? De Buchenwald ?

– La Seconde Guerre mondiale ? fit une voix. Elle arrive, elle accourt...

– Bien des choses se sont passées depuis que vous avez disparu et que vous n'avez plus donné signe de vie, dit Nicodim. Il y a eu des descentes de police. On a pris des livres dans votre bibliothèque...

– Je sais, je sais ! cria-t-il en levant le bras. C'est moi qui leur ai dit quels livres ils devaient chercher et me rapporter. Mais c'était il y a longtemps, longtemps...

Il commençait à s'irriter de ne pas pouvoir se réveiller, alors qu'il savait qu'il rêvait, alors qu'il voulait se réveiller.

– Nous vous avons cherché partout, fit une voix connue. Le docteur vous a même fait rechercher dans les hôpitaux.

– On racontait que vous étiez à Bucarest, affirma Neculache, et qu'on vous y prenait pour quelqu'un d'autre.

– C'est vrai. J'ai été pris pour un autre parce que j'avais rajeuni.

Il hésita un instant puis poursuivit, triomphant et pourtant énigmatique :

– A présent, je peux vous dire la vérité : la foudre qui m'a frappé, qui m'a frappé au sommet du crâne, m'a rajeuni. Je paraissais vingt-cinq, trente ans et je n'ai pas changé depuis. Ça fait trente ans que j'en parais trente !

Il les vit se regarder les uns les autres, haussa les épaules, agacé, et esquissa un sourire forcé.

– Je sais bien que vous ne pouvez pas me croire. Et si je vous racontais tout ce qui s'est passé d'autre à cause de la foudre, toutes les langues orientales que j'ai apprises, d'ailleurs je ne devais même pas les apprendre, puisque je les connaissais, comme ça, du jour au lendemain... Et si je vous explique tout ça en ce moment, c'est parce que je rêve et que personne ne le saura.

– Vous ne rêvez pas, monsieur Dominic, dit doucement Nicodim. Vous êtes ici, avec nous, avec vos amis, au café. C'était bien ce que nous pensions : Vous verrez, quand M. Dominic s'en sortira, quand il se sortira de son amnésie et qu'il reviendra, vous verrez que c'est au "Sélect" qu'il s'arrêtera d'abord.

Encore une fois, il éclata de rire, les observa tous, intensément, comme s'il redoutait de se réveiller soudain et de perdre leur trace.

– Si je ne rêvais pas, vous auriez entendu parler d'Hiroshima et des bombes à hydrogène et d'Armstrong, le cosmonaute qui a débarqué sur la lune cet été, en juillet.

Ils se taisaient tous, n'osaient même plus échanger un regard. Le docteur finit par rompre le silence :

– C'était donc ça. On vous a pris pour un autre...

Il eût aimé répondre, mais il commençait à se sentir fatigué. Il se frotta longuement la joue.

– C'est comme dans cette histoire du... du philosophe chinois, vous savez, celle que je vous ai racontée plusieurs fois...

– Quel philosophe chinois ? demanda Vaian.

– Je vous l'ai dit tout à l'heure, répondit-il, nerveux. Là, son nom m'échappe. Cette histoire de papillon... Bref, elle est trop longue pour que je vous la raconte encore une fois...

Il ressentait dans tout son corps une lassitude incompréhensible et, pendant quelques secondes, il eut peur de s'évanouir. Ça vaudrait peut-être mieux, se dit-il. Si je m'évanouis, je me réveillerai aussitôt.

– On a demandé un traîneau pour vous ramener à la maison, monsieur Dominic. Veta a déjà allumé le feu dans le poêle.

Il réussit à se lever et bredouilla :

– Je n'ai pas besoin de traîneau. J'irai à pied. Quand le problème se posera, je saurai ce que je dois répondre.

– Quel problème, monsieur Matei ? demanda Nicodim.

Il eût aimé répondre : Le problème qui nous préoccupe tous ! Mais il sentit soudain toutes ses dents branler à la fois et, humilié, furieux, il serra violemment les mâchoires. Puis il fit quelques pas en direction de la sortie. A son étonnement, les autres s'écartèrent et le laissèrent partir. Il voulait se retourner et les saluer une dernière fois en levant le bras, mais le moindre mouvement l'épuisait. Chancelant, haletant, respirant par le nez à force de serrer les mâchoires, il finit par arriver dans la rue. L'air frais le revigora. Je me réveille, pensa-t-il. Quand il jugea que plus personne ne pouvait le voir, il porta la main à sa bouche et cracha ses dents, par deux ou trois à la fois. Il se souvint vaguement, comme d'un rêve à moitié oublié, que la même chose lui était jadis déjà arrivée : pendant quelque temps il n'avait pas pu parler parce que toutes ses dents branlaient. C'est donc le même problème, se dit-il, serein, apaisé.

Cette nuit-là, le concierge de l'hôtel attendit en vain le retour du dix-neuf. Quand il commença à neiger, il téléphona au « Sélect ». On lui répondit qu'un étranger était bien venu le soir et avait directement gagné l'arrière-salle. Mais peu après, peut-être parce qu'elle était vide et mal éclairée, il était reparti sans un mot, la main devant la bouche.

Au matin, devant le dix-huit de la rue Episcopiei, on ramassa le corps gelé d'un inconnu, très vieux, vêtu d'un complet élégant et d'un beau pardessus doublé de fourrure. Pardessus et costume étaient, de toute évidence, trop larges pour lui appartenir. Du reste, on trouva dans sa poche un portefeuille plein de devises et un passeport suisse au nom de Martin Audricourt, né au Honduras le 18 novembre 1939.

Paris, novembre-décembre 1976

Dayan

I

Au bout de la rue, après s'être retourné encore une fois pour s'assurer qu'on ne les suivait pas, Dobridor demanda :

– Tu as vu Dayan ?

– Oui, pourquoi ?

– Tu n'as rien remarqué ?

Dumitrescu haussa les épaules et dit en feignant l'indifférence :

– Tu sais bien que ce personnage ne m'intéresse pas. Je n'aime pas les génies et encore moins les premiers prix, précisa-t-il en continuant de marcher du même pas lent, mesuré, comme s'il voulait économiser son énergie.

– Je sais, mais cette fois-ci, il s'agit d'autre chose, dit Dobridor à voix basse. De quelque chose d'assez mystérieux. Pour ne pas dire inexplicable, ajouta-t-il après avoir tourné la tête une fois de plus. Et même louche.

Dumitrescu s'arrêta net et le regarda d'un air incrédule, en grimaçant un sourire.

– *Louche*, Dayan ? ! s'écria-t-il. Premier prix sans discontinuer depuis la onzième jusqu'aujourd'hui, à quelques semaines d'un diplôme *summa cum laude*, à trois ou quatre mois du plus brillant des doctorats, à un an de la chaire qui sera créée pour lui, à trois ans de l'Académie des sciences, à sept ans de...

– Je ne sais pas si c'est vraiment louche, mais c'est assez mystérieux. En tout cas, ça me paraît inexplicable. Je l'ai remarqué pour la première fois hier après-midi, au cours de géométrie, quand il était au tableau. Tu te rappelles, Dorobantu lui avait demandé de nous expliquer...

– Bien sûr : "Expliquez-leur vous-même, Dayan, vous expliquez mieux que moi." Eternel refrain et inévitable conclusion : "Expliquez-leur vous-même, Dayan, parce que si même vous, ils ne vous comprennent pas, c'est sans espoir !"

– Ce qui m'étonne, c'est que personne d'autre n'ait rien remarqué. J'ai vérifié ce matin. Je suis passé plusieurs fois devant lui et puis je me suis approché et je lui ai demandé une explication, comme si je n'avais pas compris la démonstration. J'en ai profité pour bien le regarder et je crois qu'il s'est douté de quelque chose, puisqu'il a rougi et s'est mis à bafouiller. C'est pourquoi je t'ai dit que ça m'avait l'air louche. Pourquoi a-t-il rougi quand il s'est aperçu que je l'examinais et que *je regardais surtout son œil gauche* ?

– Mais qu'est-ce que tu avais à l'examiner ?

– C'est bien simple, ricana Dobridor, depuis que je le connais, Dayan a toujours porté son bandeau noir sur *l'œil droit* tandis qu'il le porte à présent sur *le gauche*.

– Impossible !

– Puisque je te dis que je l'ai vérifié plusieurs fois. Il y a quelques jours, son œil gauche était le bon, maintenant c'est le droit.

Dumitrescu demeura pensif pendant un moment ; il humecta ses lèvres et dit sur un ton grave :

– Ça signifie que ***ses deux yeux sont bons.***

– Et alors ?

– Et alors il porte un bandeau pour frimer, pour se rendre intéressant... Ou peut-être, ajouta-t-il après une pause, en détachant les syllabes, ***pour d'autres raisons.***

– C'est pourquoi je disais que ça me semblait louche.

– On devrait en informer qui de droit, reprit Dumitrescu à mi-voix.

– C'est ce que je pense aussi, chuchota Dobridor, on devrait informer...

Dumitrescu déglutit à plusieurs reprises, péniblement, avant de réussir à mouiller ses lèvres.

– Mais nous devons faire attention. Très attention, répéta-t-il. Il ne faudrait pas que Dayan se doute de quelque chose et qu'il ait le temps de rechanger son bandeau d'œil.

Le ciel était si sombre le lendemain matin que toutes les ampoules étaient allumées dans le bureau du doyen. Le jeune homme frappa plusieurs coups à la porte, attendit quelques secondes puis ouvrit doucement et entra. Il s'arrêta sur le seuil, comme aveuglé par la lumière électrique.

– Le camarade secrétaire m'a fait dire que vous me demandiez...

Irinoiu le dévisagea pendant un long moment, attentivement, comme s'il avait pour la première fois l'occasion de l'examiner à loisir. Il lui fit enfin signe de s'approcher.

– Constantin Orobete, depuis combien de temps vous surnomme-t-on Dayan ?

Le jeune homme rougit, se raidit.

– Depuis 1969, après la guerre des Six Jours, quand les journaux ont publié des photos de Moshé Dayan. A cause du bandeau noir, vous comprenez...

Irinoiu lui jeta un regard incrédule et esquissa un vague sourire.

– Mais pourquoi portez-vous un bandeau noir ?

– A cause d'un accident. C'est un voisin qui m'a crevé l'œil, sans le faire exprès, avec un portemanteau. Il l'avait acheté d'occasion – c'était un grand portemanteau en bois – et il le ramenait chez lui. Il le portait sur son épaule. Et puis, devant la porte de son appartement, il s'est retourné brusquement et j'ai reçu le coup en plein dans l'œil. Il ne m'avait pas remarqué, sur le palier, collé contre le mur, en train d'attendre. J'attendais qu'il rentre son portemanteau chez lui.

– Et vous n'avez pas guéri ?

– Non, ce n'était pas possible. J'avais l'œil complètement crevé, jusqu'au fond de l'orbite. Alors, je suis obligé de porter un bandeau noir : on n'a pas pu me mettre un œil de verre.

– C'était quel œil ? demanda Irinoiu en se levant.

Le jeune homme porta la main droite à son front et se la passa mollement sur la figure.

– Cet œil-là, comme vous pouvez le voir, répondit-il, embarrassé.

Irinoiu s'avança et se planta devant lui.

– L'œil gauche, par conséquent, dit-il en soulignant chaque mot.

Puis il tendit le bras vers son bureau et continua :

– Pourtant, votre dossier, que je viens de parcourir, contient un certificat de l'hôpital Coltea selon lequel un objet en bois – on n'y parle pas de portemanteau –, un objet pointu en bois vous a crevé l'œil *droit*...

Orobete baissa la tête.

– Retirez votre bandeau !

Irinoiu attendait sans cacher sa curiosité, sans perdre un geste du jeune homme. Lorsque celui-ci eut dégrafé l'élastique et qu'il retira le bandeau, le doyen eut un haut-le-corps et recula d'un pas en tournant la tête. L'orbite était profonde, violacée, et un reste de paupière sanguinolente pendait sur le côté, inutile.

– Vous pouvez remettre votre bandeau !

Il retourna derrière son bureau, ouvrit le dossier, le feuilleta et en sortit une feuille jaune qu'il tendit à Orobete.

– Si vous avez oublié les détails de votre accident du 8 septembre 1963, tenez, lisez le certificat délivré par le service de chirurgie de Coltea trois jours plus tard, le 11.

Orobete prit la feuille d'une main mal assurée et la garda entre ses doigts sans y jeter un regard.

– Lisez ! insista Irinoiu. Vous vous en convaincrez : c'est l'œil droit. Lisez bien ! *L'œil droit !*

Comme s'il se décidait soudain, le jeune homme releva la tête, posa la feuille sur le bureau et commença d'une voix ferme :

– Je crains que vous ne me croyiez pas, mais je vous jure sur la mémoire de mes parents que je vous dis la vérité. C'est arrivé il y a quatre jours, dimanche dernier. Le soir tombait et j'étais sorti faire un tour sur le boulevard, du côté du parc Cismigiu. Tout à coup, j'ai entendu quelqu'un m'appeler, derrière moi : "Dayan ! Dayan !" Je me suis retourné, pensant que c'était une connaissance. Mais c'était un vieil homme, vraiment très vieux, à la barbe blanche, drôlement habillé : une sorte de long caftan plutôt miteux. "Tes amis et tes collègues t'appellent bien Dayan, n'est-ce pas ?" m'a-t-il demandé. "En effet, ai-je répondu. Mais comment le savez-vous ?" "C'est une longue histoire et vous, les jeunes d'aujourd'hui, les histoires ne vous intéressent plus... Apprends pourtant que Moshé Dayan porte son bandeau sur l'autre œil. Si tu veux lui ressembler, il faut le changer de place. Tiens, asseyons-nous sur ce banc et je vais te le changer tout de suite..." Je croyais qu'il plaisantait et je lui ai demandé pour rire : "Si vous avez un pouvoir pareil, pourquoi ne guérissez-vous pas mon œil ?" Il m'a répondu : "Ça, je ne peux pas le faire."

Un éclair déchiqueta soudain le ciel et le tonnerre couvrit la voix d'Orobete. Il attendit que revînt le silence. Le doyen s'agitait dans son fauteuil, nerveux.

– Et alors, demanda-t-il sur un ton impatient, qu'est-ce qu'il s'est passé ?

– Il m'a dit : "Ça, je ne peux pas le faire parce que je n'ai pas le droit d'accomplir des miracles." Je commençais à avoir un peu peur et je lui ai demandé : "Mais qui êtes-vous ?" "Même si je te le disais, tu ne le saurais pas, puisque les jeunes d'aujourd'hui ne lisent plus Eugène Sue." Alors je me suis écrié : "*Le Juif errant* ? ! Mais je l'ai lu, moi, il y a longtemps, au village de mes grands-parents..." Il m'a interrompu : "A Strândari, oui, tu le lisais en cachette dans la grange communale et tu l'as fini juste pendant la nuit de la Saint-Jean[1]. Tu as achevé la dernière page durant les dernières minutes où l'on pouvait encore déchiffrer les lettres, imprimées sur le plus mauvais papier d'avant la Première Guerre mondiale..."

1. Fêtée chez les orthodoxes au moment du solstice d'été. *(N.d.T.)*

– Sans blague ? ! s'écria Irinoiu. Et c'est vrai ? Vous l'avez lu comme il l'a raconté ?

– Oui, exactement. La dernière page avec bien du mal parce qu'il faisait déjà presque noir dans la grange et que le papier était en effet des pires, cette espèce de maculature qui servait dans le temps à imprimer les romans-feuilletons... Alors du coup, vous comprenez, je commençais à avoir vraiment peur. Je ne bronchais plus. Il m'a pris par la main et m'a fait asseoir à côté de lui, sur le banc, en me disant : "Je n'ai pas trop le droit de me reposer mais, une fois tous les dix ou quinze jours, là-haut on me le passe... Ça doit bien faire quelques années que je ne me suis plus assis sur un banc. Quand je veux me reposer, je cherche un lit ou bien je m'allonge sur le pas d'une porte ou encore sur le sable s'il fait chaud... » Et, tout en me parlant, il m'a brusquement enlevé mon bandeau, sans que j'aie le temps de faire un geste. Ensuite, je ne me rappelle pas bien ce qui s'est passé. J'avais l'impression de rêver...

La foudre tomba très près et Orobete s'interrompit à nouveau. Irinoiu, la figure pâle, fixait la fenêtre.

– J'avais l'impression de rêver et je ne cherchais pas à comprendre ce qui m'arrivait parce que je me disais : quand on rêve, tout est possible... Je me souviens qu'il a mouillé son doigt sur sa langue et puis l'a passé plusieurs fois sur ma plaie, tout doucement. Ensuite, il a posé le bandeau sur mon autre œil, il a souri et il m'a dit : "A présent, tu ressembles vraiment à Moshé Dayan. En plus, tu vois mieux de l'œil droit, pas vrai ?" Je voyais mieux, en effet, mais je n'osais pas trop me réjouir : je n'arrivais pas à y croire, comme si j'avais continué à rêver. Et d'ailleurs, tout se brouillait tellement dans ma tête que je n'ai même pas remarqué quand il s'est levé. Je suis resté sur le banc, à essayer d'ajuster mon bandeau. Je n'avais pas l'habitude de le porter sur la tempe gauche, il me gênait. J'aurais eu besoin d'un miroir pour l'arranger. Je me suis levé et à ce moment-là je me suis aperçu que le vieillard n'était plus à côté de moi. J'ai regardé à droite et à gauche et puis sur l'autre trottoir – il avait disparu. C'est seulement quand je suis rentré à la maison et que j'ai retiré mon bandeau devant la glace...

Un nouvel éclair embrasa le ciel. Un instant plus tard, le tonnerre faisait tinter les vitres. Irinoiu se dressa d'un bond et se mit à arpenter la pièce à grands pas. Il ne tentait plus de dissimuler sa nervosité.

– C'était la foudre, dit Orobete. Elle n'est pas tombée loin.

L'orage redoublait d'intensité ; une rafale de grêle heurta les carreaux. Le doyen éclata brutalement d'une colère qu'il ne parvenait plus à contenir :

– Ecoutez, Constantin Orobete, toute cette histoire – le Juif errant et ses tours de passe-passe, le doigt mouillé et le bandeau changé de place –, je n'en ai rien à fiche. Si je ne vous connaissais pas, si je ne savais pas que vous êtes orphelin et que vos parents étaient d'authentiques prolétaires, que vous avez collectionné les premiers prix depuis le primaire et que le professeur Dorobantu répète partout que vous avez le génie des mathématiques...

Il s'arrêta au milieu de la pièce, une main dans sa poche tandis qu'il gesticulait nerveusement de l'autre, dans l'appréhension d'un nouveau coup de tonnerre.

– Si je ne savais pas tout ça, camarade, je vous dénoncerais pour obscurantisme, superstition et mysticisme. Mais votre histoire me semble bien plus louche. Je ne veux pas m'en mêler pour le moment. Je ne vais donc pas faire de rapport. Mais dès demain présentez-vous à la faculté tel que vous y avez été reçu et conformément à votre dossier : le bandeau sur l'œil droit !

– Mais puisque je vous jure que ça s'est passé comme ça, gémit Orobete. D'ailleurs, si je mets mon bandeau sur l'œil droit, je découvrirai la plaie du gauche, et puis je n'y verrai plus rien...

– Je ne veux rien savoir ! cria Irinoiu, dont la colère explosait. Si vous ne vous présentez pas demain suivant le certificat médical de votre dossier, je ferai mon rapport là où vous savez. Et je vous préviens tout de suite : ne comptez pas sur moi pendant l'enquête. Je dis toujours la vérité, moi !

II

Il le reconnut de loin et se mit à courir mais il sentit bientôt son cœur battre la chamade et il dut s'arrêter. Il repartit quelques instants plus tard à grandes enjambées, la main droite sur le cœur comme s'il espérait en ralentir ainsi les battements. Quand il arriva assez près de lui, il osa enfin le héler :

– Monsieur ! Monsieur le Juif errant ! Monsieur !

Surpris, un passant se retourna, sourit puis, ne parvenant pas à réprimer un fou rire, changea de trottoir.

Orobete, la main droite toujours sur la poitrine, fit un effort pour accélérer son allure. A quelques mètres du vieillard, il reprit ses cris :

– Monsieur l'Israélite ! Monsieur le Juif errant !

Le vieil homme s'arrêta et tourna la tête d'un air surpris.

– Dayan ! s'exclama-t-il, qu'est-ce que tu fais là ? J'allais à la faculté : je pensais t'y trouver...

– On m'a renvoyé. C'est-à-dire, pas définitivement, mais je ne pourrai pas y retourner tant que...

Il s'interrompit, à bout de souffle, mais réussit à sourire.

– Excusez-moi, bredouilla-t-il, j'ai le cœur qui bat à

tout casser, qui bat comme s'il allait éclater... Ça ne m'était jamais arrivé.

– Et ça ne t'arrivera plus jamais.

Le vieillard tendit le bras et lui effleura les épaules et la poitrine du bout des doigts. Orobete poussa un profond soupir et se mit à respirer rapidement, à un rythme précipité, comme s'il avait longtemps retenu son souffle.

– Ça y est, murmura-t-il, soulagé.

– Heureusement, parce que si ça avait duré deux ou trois minutes de plus, tu te serais évanoui en pleine rue et il aurait pu s'en passer, des choses, avant l'arrivée d'une ambulance... Tu vois, nous payons tous les deux : moi, j'ai rebroussé chemin pour essayer de faire en sorte qu'on te rende justice ; quant à ton cœur, on dirait qu'il pressentait ce qui l'attendait.

Il lui donna une tape sur le bras et reprit :

– Allez, marchons... j'aurais beau employer n'importe quelle métaphore, tu ne comprendrais pas. Mais écoute mon conseil : ne parle pas, ne pose pas de questions. Laisse monter le Temps entre nous. Si tu as vraiment le génie des mathématiques, comme on l'affirme, tu finiras par comprendre cette vertu qu'a le Temps de se contracter et se dilater selon les circonstances. Ne questionne donc pas. Mais réponds-moi quand je t'interrogerai. Je veux être sûr que tu me comprends.

Il s'arrêta devant une maison vieillotte, vraisemblablement bâtie à la fin du siècle dernier.

– Sais-tu qui habite là ?

– Non, répondit Orobete.

– Moi non plus. Allez, entrons. Nous trouverons peut-être une pièce retirée où nous pourrons bavarder tranquillement.

Il poussa la porte en fer de la cour et, le jeune homme

hésitant à entrer, il le prit par le bras et l'entraîna derrière lui. Ils eurent vite fait de franchir les quelques mètres les séparant de ce qui paraissait être l'entrée de service. Là, le vieillard appuya brièvement sur la sonnette puis, sans plus attendre, tourna la poignée et entra.

– Ça ne me plaît pas, déclara-t-il après avoir jeté un coup d'œil circulaire.

Ils se trouvaient dans un grand salon rectangulaire, encore assez bien entretenu, mais sans tapis et très sommairement meublé. Des deux côtés de la porte, les fenêtres disparaissaient derrière des tentures cramoisies, tandis que celles d'en face, sans rideaux, laissaient pénétrer à flots la lumière de cet après-midi de mai.

– Ça ne me plaît pas, répéta le vieil homme. On dirait que les propriétaires n'ont pas réussi à vendre tous leurs meubles.

Il avança d'un pas rapide, juvénile, entraînant Orobete à sa suite.

– N'aie pas peur, lui dit-il. Il ne nous arrivera rien, parce que nous ne sommes pas entrés animés de mauvaises intentions.

Le jeune homme tourna la tête à plusieurs reprises, tantôt du côté de la porte, tantôt du côté des fenêtres, derrière lesquelles il lui semblait distinguer par moments l'ombre de quelque passant. Et il allait regarder une fois de plus par la fenêtre lorsqu'il s'aperçut qu'il traversait, toujours entraîné par son compagnon, une autre pièce, dans laquelle il ne se rappelait pas être entré. On aurait dit une salle à manger quelque peu vétuste, mais qui ne pouvait en aucun cas faire partie de la même maison que le salon.

– Non, grommela le vieillard, ce n'est toujours pas ce

que nous cherchons. Essayons encore de l'autre côté du jardin.

Un instant plus tard, ils descendaient un escalier de pierre menant à un petit parc au milieu duquel quelques poissons nageaient paresseusement dans un bassin émaillé de nénuphars. La surprise d'Orobete fut telle qu'il ouvrit la bouche pour poser une question.

– Je vois que tu aimes beaucoup Pouchkine, dit le vieil homme. Tu promènes son volume de nouvelles dans ta poche. Et en original, par-dessus le marché.

– J'ai appris le russe pour Pouchkine, dit Orobete, légèrement intimidé. Mais, si vous n'y voyez pas d'inconvénient, je voudrais vous poser une question...

– *La Fille du capitaine !* s'exclama le vieillard, avec un sourire mélancolique. Je me rappelle encore cette soirée à Saint-Pétersbourg, lorsqu'un étudiant a fait irruption dans l'auberge où j'étais descendu et a hurlé : "Pouchkine est mort ! Il est mort tué en duel !" Et puis il s'est caché la figure dans les mains et a éclaté en sanglots.

– C'est ce qui a bien failli m'arriver aussi quand j'ai lu sa biographie et que j'ai appris...

Le vieil homme lui serra vigoureusement le bras et s'écria :

– Attention à ne pas glisser ! On a sans doute ciré le parquet pour le bal de la semaine prochaine : ici, ce sera bientôt Carnaval.

Orobete jetait des regards éperdus alentour, sans réussir à comprendre où ils se trouvaient, car ils avançaient si vite qu'il ne pouvait surprendre que des fragments d'un décor qui paraissait se modifier à chaque instant. Il réitéra sa tentative :

– Si vous n'y voyez pas d'inconvénient...

– Pouchkine, le grand, le génial poète romantique !

La Fille du capitaine... Tu l'as relu cinq ou six fois, j'en suis certain. Mais te souviens-tu de ce passage où un personnage explique pourquoi l'officier russe *doit* jouer au billard ?

Je m'en souviens parfaitement, parce qu'il m'a fait réfléchir et m'a attristé. Je pourrais le réciter en russe, mais je préfère vous dire ma traduction en roumain.

– Je t'écoute, dit le vieillard sur un ton grave, et il s'arrêta au milieu de la pièce.

Une pièce assez vaste mais au plafond très bas et dont l'un des murs, oblique, rappelait ceux des mansardes. Une clarté triste, parcimonieuse, entrait par quelques petites fenêtres ovales.

– "En manœuvres, par exemple, récita Orobete, on arrive dans quelque bourg perdu. Que faire pour tuer le temps ? Assurément, on ne peut pas toujours rosser les juifs. Malgré soi, on va à l'auberge et l'on entame une partie de billard..."

– Exactement. C'était ça, la Russie, jadis. Et, de nos jours, ça n'a guère changé. Mais, au fond, c'est un personnage de Pouchkine qui l'affirme...

– C'est aussi ce que je me suis dit. Ce n'est pas Pouchkine mais l'un de ses personnages, d'ailleurs antipathique. Cependant, je voulais vous demander...

– Je sais, et je te répondrai dès que nous aurons trouvé un endroit paisible où nous pourrons bavarder tranquillement. Mais sortons d'abord de ce labyrinthe. Tu vois : des maisons qui ont existé et puis qui ont brûlé ou ont été démolies et à la place desquelles on en a construit d'autres, mais selon des plans différents, de sorte que nous nous retrouvons parfois sur un boulevard ou dans un jardin. Comme en ce moment. Ce parc appartenait à un richard. Il y avait une serre là-bas, au fond, avec des massifs de rosiers des deux côtés. Tu peux imaginer ce qu'était ce jardin depuis mai jusqu'à la mi-octobre... Mais en ce moment, à l'entrée de l'hiver...

Orobete s'aperçut qu'ils marchaient dans une allée bordée de hauts arbres défeuillés et il sentait crisser sous ses pieds un gravier humide et froid.

– Un seigneur incroyablement riche. On racontait qu'il avait quatre-vingt-dix-neuf domestiques. Et pas tous des serfs, puisqu'il avait fait venir de l'étranger des chefs cuisiniers, des laquais et d'habiles jardiniers. On racontait également qu'il recevait des invités en permanence, hiver comme été, mais jamais plus d'une douzaine, parce qu'il n'aimait pas le remue-ménage...

Lorsqu'ils arrivèrent au bout de l'allée, le vieil homme ouvrit une porte donnant sur ce qui semblait être une galerie. Orobete hésitait à entrer.

– C'est bizarre, dit-il, nous n'avons pas vu une seule personne jusqu'ici, même pas entendu une voix d'enfant...

– Comment pourrais-tu encore les voir, Dayan, comment pourrais-tu encore les entendre ? Ceux qui ont habité ces maisons sont morts depuis longtemps. Les plus jeunes à la fin du siècle dernier...

Orobete sursauta et pâlit, l'air effrayé.

– Et les autres alors, leurs enfants ou ceux qui ont pris leur place ?

Le vieillard hocha la tête et esquissa un triste sourire, comme s'il cherchait à masquer son désappointement.

– Un génie mathématique ne devrait pas poser une question pareille car elle est dépourvue de sens. *Les autres*, ceux qui vivent encore, habitent dans leurs maisons, qui se trouvent d'ailleurs être parfois certaines de celles que nous avons traversées ensemble. Mais, tu ne le sais que trop...

– Par conséquent ! s'écria Orobete, de plus en plus pâle, *par conséquent...*

Le vieil homme lui lança un regard curieux, sourit et lui prit la main.

– Je croyais que tu avais compris depuis un bon moment déjà, dit-il. Mais dépêchons-nous à présent, il nous faut sortir de l'hiver...

III

Orobete se laissait mener sans toujours regarder autour de lui. Il se rendait compte parfois qu'il était en train de réfléchir sur cette fabuleuse équation que, depuis tant de mois déjà, il n'arrivait pas à résoudre.

– Attention, Dayan ! Si tu t'égares dans ton sommeil, il te faudra bien des années pour retrouver la sortie.

– Je ne dormais pas et je n'ai pas sommeil, dit le jeune homme en rougissant. Je réfléchissais au cinquième théorème. Si je le comprenais, je comprendrais du même coup ce qui m'arrive *en ce moment*.

– Tu comprendras sans le secours du théorème. Mais nous devons nous presser.

Ils continuaient à marcher, de plus en plus vite, lui semblait-il. Ils traversèrent une suite de pièces mal éclairées, dont il ne put distinguer les contours. Ils entrèrent ensuite dans un salon aux meubles raffinés, aux murs couverts de tapisseries et de miroirs vénitiens. Ils s'arrêtèrent devant une immense fenêtre, aussi haute que large – presque la moitié du mur.

– *Mira ahora !* s'écria le vieillard. Regarde maintenant. Le soleil ! Dans quelques instants, il va se coucher sur le lac...

– Le soleil se couche, murmura Orobete, soudainement ému. Et on dirait que c'est et que ce n'est pas le même soleil que le nôtre.

– Il est comme ça par ici vers la fin octobre... Je n'aurais pas besoin de calculatrice si je voulais savoir combien j'ai vu de couchers de soleil. La légende dirait : depuis plus de mille neuf cents ans. Tu peux donc faire le calcul. Mais, en réalité, il y a bien plus longtemps, *bien plus longtemps*...

Il prit Orobete par la main et l'attira vers une porte entrebâillée.

– Pourquoi est-ce à toi que je raconte tout ça, à toi qui te bats contre "la sournoiserie du Temps", contre la *List der Zeit*, pour imiter la formule de Hegel, *List der Vernunft*, la fameuse "sournoiserie de la Raison" ?... Regarde cette porte entrouverte. Nous n'entrerons pas dans la pièce, parce qu'elle ne se trouve pas sur notre chemin. Mais, de ses fenêtres, on ne voit jamais le soleil se coucher. Or, ce détail, apparemment si banal *– de là on ne peut jamais voir un coucher de soleil –*, a longtemps constitué un mystère impénétrable. Tu comprends ce que je veux dire par ce mot : "mystère". Une tragédie s'achevant sur un meurtre, mais si énigmatique, si adroitement maquillé que nul ne s'est douté de rien...

– Comme dans une histoire fantastique écrite par un poète génial. J'aimerais l'entendre...

– Et moi, j'aimerais la raconter encore une fois. Mais, à la vitesse à laquelle nous allons actuellement, il me faudrait plusieurs jours. Laissons-la telle qu'elle est restée pour tous ceux qui vivaient à l'époque : une histoire absolument inexplicable.

Ils marchaient plus vite que jamais jusque-là. Au bout

d'un certain temps, Orobete sentit la fatigue le gagner et dut ralentir. Le vieil homme s'arrêta.

– Je sais ce que tu voulais sans cesse me demander, dit-il. Tu voulais me demander *si c'était vrai*. Et je ne sais pas trop comment te répondre. En d'autres temps, Dayan, lorsque les gens aimaient les légendes et, sans s'en rendre compte, du simple fait qu'ils les écoutaient en alliant la gravité à l'enchantement, déchiffraient bien des mystères du monde – et pourtant, ils ne soupçonnaient même pas combien ils apprenaient et découvraient en écoutant ou en racontant des fables et des légendes –, en d'autres temps, donc, on croyait que j'étais Ahasvérus, le Juif errant. Et en effet, aussi longtemps que les gens ont pris mon histoire au sérieux, j'ai bien été cela, le Juif errant. Je ne cherche ni à m'expliquer ni à me justifier. Mais, si je suis demeuré aussi longtemps parmi vous, cela a une signification. Une signification profonde et terrible. Et le jour où vous serez jugés, vous, ceux de cette partie du monde, que vous ayez été chrétiens, juifs, sceptiques ou incroyants, vous serez jugés selon ce que vous aurez *compris* de mon histoire.

Ce fut alors seulement qu'Orobete s'aperçut qu'ils avaient fait halte dans une petite pièce pauvrement meublée d'un lit en fer et d'une vieille table en bois sur laquelle se trouvait une lampe à pétrole.

– Maintenant que tu t'es reposé, dit le vieillard, dépêchons-nous. La nuit va bientôt tomber.

En effet, le jour déclinait au fur et à mesure qu'ils avançaient. Cependant, Orobete se demandait si c'était bien la nuit ou si la pénombre n'était pas due aux draperies qui garnissaient les deux parois de ce qui lui semblait être une galerie sans fin.

– Pour que le théorème ne vienne pas te tenter à nouveau, reprit le vieil homme, je vais répondre à l'autre question, celle que tu étais sur le point de me poser quand j'ai vu le livre de Pouchkine dans ta poche. Tu voulais me demander combien de temps je continuerais à errer de par le monde sans jamais me reposer. Tu penses bien que je ne souhaite qu'une chose : mortel, pouvoir mourir un jour comme tout un chacun.

Il s'arrêta soudain et secoua le bras d'Orobete.

– Eh, Dayan ! lui cria-t-il, oublie Einstein, oublie Heisenberg ! Ecoute ce que je te dis. Car je saurai bientôt si tu as compris ou non pourquoi c'est *maintenant seulement* que je réponds à tes questions.

– J'écoute, chuchota le jeune homme, intimidé. Mais si je ne comprends pas le principe et les axiomes, je ne comprendrai pas non plus ce qui s'ensuit.

– Fais un effort d'imagination et tu comprendras. Mais, avant toute chose, rappelle-toi *la légende*. Oublie que c'est *la mienne*. Rappelle-toi *ce que dit* la légende. Elle dit qu'il me sera permis de me reposer, c'est-à-dire de mourir, à la fin du monde, peu avant – mais peu, c'est *combien* de temps ? –, peu avant le Jugement dernier. Tu comprends donc que, depuis près de deux mille ans, il n'y ait pas eu un seul homme pour souhaiter la fin du monde comme je la souhaite. Et tu peux imaginer avec quelle impatience j'attendais *le millénaire*, l'an mille, la ferveur avec laquelle j'ai prié pendant la nuit de ce 31 décembre-là !... Et puis, tout récemment, depuis les bombes thermo-nucléaires, j'ai repris espoir. Ecoute-moi bien, Dayan, car dorénavant il s'agit de toi aussi...

– Je vous écoute. Vous parliez de...

– Je parlais des bombes thermo-nucléaires. Tout le monde les redoute, sauf moi : elles représentent mon dernier "espoir". Espoir, entre guillemets, bien entendu, car il s'agit de tout autre chose. Et à ce propos, Dayan, tu devras t'habituer à deviner un nouveau langage sous les mots de tous les jours. Je pense que tu apprendras vite ce "jeu" – jeu en apparence – puisque tu es mathématicien et, en outre, fervent de poésie...

Le vieillard se tut et ralentit sensiblement son allure.

– Je vous écoute, murmura Orobete. Je crois comprendre ce que vous voulez dire.

– Et essaye de ne plus penser au cinquième théorème car nous commençons à descendre et, maintenant qu'il fait noir...

– Nous descendons ? demanda Orobete, surpris, en regardant autour de lui. On dirait au contraire...

En dépit ou à cause de l'obscurité, il avait l'impression de commencer à monter une pente douce, légèrement inclinée sur la droite.

– Attention ! cria le vieil homme en lui serrant le bras. Deux pas encore et nous arriverons à l'escalier. Les marches sont en pierre, mais le temps les a usées.

– En effet, dit Orobete en sentant le premier degré de pierre sous ses pieds. Mais ne vous en faites pas, je ne glisserai pas. J'ai l'habitude des escaliers la nuit.

Et pourtant, il n'avait toujours pas l'impression de descendre ; il lui semblait avancer en terrain plat, comme s'il marchait prudemment dans un tunnel au sol couvert de dalles de pierre.

– Ecoute la suite, à présent. Tu ne peux pas savoir que le 21 avril 1519 – c'était un vendredi saint –, Hernán Cortés planta l'étendard de la Croix en terre mexicaine, là où se dresse aujourd'hui la ville de Veracruz. Tu ne peux pas savoir non plus que le 21 avril 1519 correspondait, dans le calendrier aztèque, au dernier jour de la période béatifique, qu'on appelait "époque du Ciel". Cette période avait duré treize cycles de cinquante-deux années chacun. Et le 21 avril 1519 marquait également le début de la période "infernale"... Ecoute-moi bien, Dayan, cria-t-il en lui serrant à nouveau le bras, car, je te le répète, il s'agit de toi !

– J'écoute et pourtant...

Orobete se tut, comme s'il n'osait pas poursuivre. Le vieillard l'encouragea :

– N'aie pas peur, parle.

– Et pourtant, *nous ne descendons pas !*

– Autrement dit, *e pur si muove !* Mais cette fois-ci tu te trompes, Dayan. Tu t'en rendras compte dès que nous retrouverons le jour. Si tu avais le génie de Galilée, tu croirais à ce que te démontre la raison et non à ce que te disent tes sens.

– Certes, mais c'est justement ce qui me trouble : je n'arrive pas à identifier *la raison.* Tant que je ne comprends pas les axiomes, je ne sais pas comment m'affranchir de l'illusion des sens. Je vous l'avoue sincèrement : je n'ai pas l'impression que nous sommes descendus ou que nous descendons, mais que nous avançons dans un tunnel obscur. Je dirais même plutôt que nous montons.

– Qui lit encore *l'Epopée de Gilgamesh*, aujourd'hui ?

Orobete s'arrêta, troublé.

– Vous savez donc que je l'ai lue...

– Je le sais.

– Je l'ai lue parce que je ne peux pas dormir plus de quatre ou cinq heures par nuit et que, tard après minuit...

– Laisse-moi te dire moi-même ce qui t'arrive tard après minuit : tu ne peux plus penser, comme tu aimes dire, tu ne peux plus ''penser les mathématiques'' – sans oublier les guillemets – et tu reviens à tes premières amours, tu reviens à la poésie.

– C'est vrai, chuchota Orobete, mais personne ne le sait.

– Et personne ne doit le savoir. Tu as bien fait d'enfermer tes livres de poèmes dans le coffre bleu.

– C'est tout ce qui me reste de maman. C'était le coffre de sa dot.

– Je sais. Mais tu n'as pas pu y mettre tous tes livres. Tu as caché plusieurs volumes de poésie derrière les dictionnaires, sur le rayon du bas. Des livres trouvés chez les bouquinistes ou achetés à bon compte à d'anciens collègues. C'est ainsi que tu as acheté *l'Epopée de Gilgamesh**, dans la traduction de Contenau, en croyant que c'était une épopée proprement dite, comme celles d'Homère ou de Virgile.

– Formidable, murmura Orobete, ému. Comment pouvez-vous savoir tout ça ?

– Tu l'apprendras par la suite... Mais tout à l'heure, quand tu m'as dit que nous avancions ''dans un tunnel'', tu t'es souvenu sans t'en rendre compte du cheminement de Gilgamesh sous terre. Tu sais, lorsque Gilgamesh part à la recherche d'Outa Napishtim pour que celui-ci lui dévoile le secret de l'immortalité et qu'il arrive devant la porte par laquelle le soleil passe quotidiennement pour descendre dans le crépuscule, une porte gardée par deux hommes-scorpions...

– Qui le laissent pourtant entrer car ils reconnaissent en lui le fils de la déesse Ninsun, qu'elle a eu d'un mortel. Gilgamesh entre dans le tunnel – le chemin parcouru chaque nuit par le soleil – et y marche douze heures durant avant d'arriver, sur l'autre versant de la montagne, dans un jardin paradisiaque...

– Il ne nous faudra pas aussi longtemps. Mais tout à l'heure, au lieu de te fier à tes sens ou de rechercher la solution des axiomes, si tu avais laissé ton imagination accompagner Gilgamesh dans le tunnel, tu aurais compris que, pareillement au fabuleux héros mésopotamien, *nous descendons* sous terre.

– C'est vrai, dit Orobete à mi-voix.

– Mais c'est peut-être ma faute. Car en quoi l'espoir d'un personnage légendaire tel qu'Ahasvérus pourrait-il intéresser un jeune mathématicien de génie en l'an 5733 depuis la création du monde ?

– Ça m'intéresse, répondit gravement Orobete, parce que, comme vous me l'avez signalé plusieurs fois, bien que je n'aie pas compris ou que je n'aie pas voulu comprendre, votre” espoir” – vous voyez, Maître, que je commence à utiliser les guillemets à mon tour –, votre ”espoir” concerne directement mon destin. Et pas seulement le mien, ajouta-t-il très bas.

– Tu vas tout doucement te retrouver tel que tu étais. C'est pourquoi je dois achever rapidement : ce 21 avril 1519 ne marquait donc pas seulement la fin de l'époque béatifique, mais aussi le début de la période ”infernale” qui, selon les calculs des visionnaires aztèques, devrait durer neuf cycles de cinquante-deux ans chacun, soit quatre cent soixante-huit ans. Si leur prophétie se réalise, 1987 – fais le compte : mille cinq cent dix-neuf plus quatre cent soixante-huit –, 1987 sera la fin de l'époque ”infernale”. Ce qui pourrait bien signifier la fin de *notre monde* et, pour moi, représenter...

– C'est vrai. Mais tout dépend du langage dans lequel

on peut comprendre, et *traduire*, la prophétie des visionnaires aztèques.

– Bravo ! s'écria le vieil homme. Et puisque tu m'as appelé "Maître" tout à l'heure, je peux te confier que tu viens de réussir à un examen, encore que ce ne soit pas le plus difficile... Et à présent, ajouta-t-il après un bref silence, nous voici au bout du tunnel.

IV

Il plongea soudain dans une lumière si vive qu'elle ne lui parut pas naturelle. Il porta la main à son front, puis se frotta les joues.

– Je suis un peu fatigué, dit-il, et j'ai très soif.

– Eh bien, tu vois, nous nous dirigeons vers deux sources, dit le vieillard.

Et il tendit le bras pour lui indiquer deux ruisseaux qui coulaient silencieusement, non loin d'eux, sous des peupliers et des cyprès.

– Mais fais bien attention, continua-t-il. Ne bois pas au hasard et ne bois pas trop.

Orobete partit à grands pas vers le bosquet. Il s'agenouilla devant la première source, joignit les mains en coupe et commença à boire avec avidité. Il entendit son compagnon lui crier :

– Tu as bien choisi, Dayan, mais ne bois pas trop vite !

Orobete releva la tête et répondit en souriant :

– Je sais bien, Maître. Je le sais depuis que je faisais des excursions dans les Carpates. Ne jamais boire dans un ruisseau à main gauche... J'avais drôlement soif, ajouta-t-il. Et pourtant...

Le vieil homme l'ayant rejoint, Orobete se redressa.

– Et pourtant, il m'a suffi de quelques gorgées...

Le vieillard l'observait d'un air curieux, comme s'il attendait la suite, puis il désigna un banc blotti à l'ombre des cyprès.

– Voilà ce que nous cherchions, dit-il.

Cette fois-ci, il ne lui prit plus le bras mais partit seul en avant. Le jeune homme le suivit sans mot dire. Un large sourire illumina doucement son visage. Ils s'assirent tous deux sur le banc et Orobete demanda timidement :

– Pourquoi m'avez-vous fait marcher, Maître ? Rien ne s'est passé dans cette pièce à la porte entrouverte... pas de drame, pas de meurtre. C'était une pièce pareille à tant d'autres que nous avons traversées : sans mystère.

– Evidemment, dit le vieil homme sur un ton enjoué. Mais je ne cherchais pas à te faire marcher. C'était seulement une devinette, la plus simple des énigmes.

– Et pourquoi m'avez-vous raconté que le seigneur avait quatre-vingt-dix-neuf domestiques ? Il avait juste quelques serfs tziganes, deux valets de ferme amenés à la ville et un jardinier viennois... qui l'a d'ailleurs quitté un beau jour, quand le seigneur, à moitié ruiné, ne lui a plus payé ses gages.

Le vieillard le regarda plus chaleureusement que jamais.

– Quatre-vingt-dix-neuf est un nombre mystique, Dayan. N'essaye pas de l'analyser avec tes instruments mathématiques. J'ai voulu t'apprendre le jeu afin que tu t'habitues à comprendre aussitôt le langage caché sous la langue de tous les jours...

– "Le langage caché"... Le *parlar cruz*, comme

l'appelaient ces mystérieux *Fedeli d'Amore* provençaux, italiens et français. J'ai lu quelque chose à leur propos il y a longtemps et à présent je m'en ressouviens parfaitement.

Le vieil homme lui jeta un regard déçu.

– Tu t'en souviens parce que *tu as lu* quelque chose ? C'est tout ? Fais un effort, Dayan ! Tu te rappelleras bien d'autres choses, que tu n'as jamais lues.

Troublé, le regard fixe, Orobete se passa la main sur le front.

– Si je me rappelais le verbe, murmura-t-il. Je pourrais parler l'arabe, si je me rappelais le verbe...

– Ne pense pas à l'arabe, dit le vieillard en lui secouant le bras, tu n'en auras pas besoin.

– Je me rappelle tellement de choses que je m'égare... Je me souviens de trop de gens. Des gens que j'ai l'impression d'avoir connus jadis, et pourtant...

– Fais un effort et *oublie* le reste. Souviens-toi seulement de l'essentiel. De ce que tu as compris un jour être *l'essentiel.*

Orobete se gratta la nuque.

– Tant de choses me semblent *essentielles*. Tant d'autres choses...

– Oublie-les ! *Oublie* ! Ne te laisse pas submerger par tout ce qui t'est arrivé et tout ce qui est arrivé à ton époque, sans quoi tu t'égareras encore. La mémoire peut être aussi fatale que l'oubli. Fais un effort ! Réfléchis, distingue, choisis ! Laisse le reste de côté. Persuade-toi que *ça ne t'intéresse pas* et tu verras le tout se retirer là où il se trouvait jusqu'ici : dans le même sommeil de l'oubli.

– C'est ce que je fais, c'est ce que je fais ! répéta Orobete d'une voix éteinte, étrangère, comme s'il s'évertuait à sortir d'un rêve. Je choisis... je laisse de côté.

– Pose-toi la bonne question, la seule qui t'intéresse. Souviens-toi de l'essentiel... A l'époque, tu risquais le bûcher comme hérétique, mais aujourd'hui...

– Jacques de Baisieux ! s'écria Orobete en levant brusquement la tête. Et tout ce qu'il écrivait dans son traité, *C'est des fiez d'Amours*...

– Concentre-toi, lui dit le vieil homme en s'apercevant qu'il hésitait. Ne te laisse pas tenter par d'autres souvenirs. L'essentiel !

– Naturellement, dit Orobete d'une voix ferme, l'essentiel était à l'époque la signification secrète du mot *amor*...

– Il l'était et l'est resté, précisa le vieillard.

Orobete sourit et se mit à réciter :

– "*A* senefie en sa partie
Sans et *mor* senefie *mort*
Or l'asemblons s'aurons *sans mort.*"

– Tel était évidemment le message, la révélation secrète, confirma le vieil homme. "L'amour", l'amour *vrai*, c'est "l'immortalité".

– Mais jusqu'ici, répliqua Orobete déçu, comme si on le tirait brutalement d'un beau rêve, jusqu'ici mes seules amours ont été la poésie et les mathématiques.

– Peut-être l'une et l'autre ne sont-elles que les visages de l'ineffable *Madonna Intelligenza*. Jusque-là, tu as choisi à la perfection : la Sagesse, qui est à la fois la Femme éternelle et la femme que tu aimeras. Car tu n'as pas à te faire de souci : tu es encore très jeune et le temps est devant toi.

Orobete sourit, mélancolique.

– Avant mon accident, on m'appelait "le Prince charmant aux yeux pleurant", parce qu'une fille m'avait surpris un jour au cimetière en train de pleurer sur la tombe de maman. Depuis l'accident, on m'appelle Dayan.

– Les voies du Seigneur sont impénétrables. Tu devrais le savoir... Et à présent, puisque tu es tout à fait réveillé, interroge-moi sans crainte. Depuis que tu as assouvi ta soif, quelques questions te préoccupent.

– Pour commencer, dit Orobete d'une voix tremblante, je voudrais savoir *si c'est vrai.*

Le vieillard lui mit la main sur l'épaule et répondit en souriant :

– Tu le sauras dès que nous nous séparerons... Allez, ne crains rien, questionne-moi, ajouta-t-il comme le silence se prolongeait.

Brusquement résolu, Orobete se leva et se planta devant lui.

– *Pourquoi dois-je y retourner ?*

Le vieil homme attendit avant de répondre, comme s'il espérait quelques mots encore.

– A la vérité, fit-il enfin, je dois te dire que ta question m'a déçu... Tiens, assieds-toi là, à côté de moi.

Orobete obéit, la tête basse.

– Où retourner, Dayan, alors que tu n'es pas encore parti ? Et comment pourrais-tu partir avant de devenir ce que tu es, le plus génial des mathématiciens en vie ?

– Mais, dans ce cas-là, l'histoire de la pièce à la porte entrouverte *pourrait* devenir vraie...

Un sourire mélancolique aux lèvres, le vieillard lui posa de nouveau la main sur l'épaule.

– Dans ce cas-là, je pourrais te répondre avec les mêmes mots que tu as employés quand je t'ai raconté la prophétie des visionnaires mexicains : tout dépend du langage dans lequel on peut comprendre, et *traduire*, l'histoire de la pièce à la porte entrouverte.

Un moment songeur, le jeune homme recouvra soudain sa sérénité.

– C'est vrai ! s'exclama-t-il. J'aurais dû le comprendre aussitôt. Mais je n'ai pas encore pris l'habitude de penser et parler *toujours* en *parlar cruz*.

– Tu t'y habitueras bientôt, très bientôt, dès que tu retrouveras ton doyen, tes professeurs, tes camarades. Mais bavardons encore un peu, puisque ici personne ne vient nous déranger. Et, cette fois-ci, nous allons parler la langue de tous les jours, celle que tu parlais tout à l'heure encore à Bucarest.

Ils restèrent un moment silencieux, sans se regarder. Puis, le vieillard reprit :

– Je n'ai pas le droit de me reposer longtemps. D'ailleurs, nous devrons nous séparer dès que le soleil se couchera... Mais revenons à l'injustice dont tu es victime...

– Ça n'a plus d'importance...

– Toute injustice est importante. Et puis, il y a de ma faute aussi : j'aurais dû prendre en compte la méchanceté des hommes. Au fond, si l'envie n'avait pas rongé tes deux collègues jusqu'au sang, personne ne se serait douté de rien. Cet automne, grâce à tes vingt-cinq pages sur le théorème de Gödel, tu aurais obtenu ton doctorat, ton étude aurait fait sensation dans le monde entier, tu serais devenu célèbre et alors qui aurait osé, même dans un pays comme le tien, demander à un homme célèbre s'il avait perdu son œil gauche ou son œil droit ?

– Ça n'a pas d'importance, répéta Orobete.

– *En ce moment*, tu es enthousiasmé par ce que tu t'es rappelé et ce que tu as découvert, voilà pourquoi tu dis ça. Tu penses, à juste titre, que c'est bien plus important que la critique du théorème de Gödel. Mais écoute-moi bien car, je te l'ai dit, *nous parlons en ce moment le langage de tous les jours*... Avant que Gödel et les autres connaissent – et reconnaissent – ton génie, il te faudra prouver au doyen qu'il a commis la plus grosse bourde de sa vie.

Orobete éclata d'un rire qui lui parut aussitôt incongru et il se tut, confus.

– Te voilà définitivement réveillé, dit le vieil homme. Tu as retrouvé ta façon habituelle de penser et de te conduire ; tant mieux. Par conséquent, je le répète, il te faudra convaincre le doyen...

– Ça ne sera pas facile. Je le connais bien : il ne comprend rien, même pas une équation du second degré. Il a été nommé doyen pour des raisons politiques. Et il n'est pas seulement ignorant, il est têtu en plus. Quand il a pris une décision, il s'y accroche envers et contre tout. Sauf, bien sûr, s'il reçoit un ordre du ministère, ajouta-t-il, le sourire aux lèvres.

– C'est bien à cela que je pensais. Je n'ai le droit de rien défaire de ce que j'ai fait. Tu resteras donc ainsi, semblable à Moshé Dayan, jusqu'à la fin de ta vie. Mais il y a d'autres possibilités : par exemple, un ordre du ministère.

– Mais comment faire ? Je n'ai pas le moindre piston. A part mes professeurs, je ne connais personne.

Le vieillard leva les yeux au ciel.

– Le soleil va bientôt se coucher, dit-il lentement, songeur. Nous devons nous dépêcher... Demain soir, à Princeton, le secrétaire de Gödel trouvera ta démonstration sur son bureau. Il lui faudra une bonne partie de la nuit pour la comprendre mais, dès qu'il l'aura comprise, il courra la communiquer à son patron. Après-demain donc, tous les grands mathématiciens et logiciens de Princeton *sauront*. Sous vingt-quatre ou quarante-huit heures, ils te demanderont au téléphone...

– Je n'ai pas le téléphone.

– Ce n'est pas à toi qu'ils téléphoneront, mais à l'ambassade américaine et à la faculté. Car s'ils comprennent ta démonstration – or, je pense que Gödel et deux ou trois autres la comprendront –, ils en seront effrayés. Et je t'assure que, cette fois-ci, le cas d'Einstein ou celui de Heisenberg ne se répétera pas... Tu vois ce que je veux dire.

– Je vois.

– Il s'agit donc pour toi de tenir bon trois jours, quatre au maximum.

Le vieil homme se leva soudain, prit les mains d'Orobete entre les siennes et les serra longuement, chaleureusement.

– A présent, nous devons nous séparer. Mais rappelle-toi ce qu'écrivait Francesco da Barberino : *Sed not omnia omnibus possunt glossari.*

Orobete, rêveur, traduisit :

–"Mais tout ce que j'ai fait ne peut être expliqué à tous."

– C'est cela... Tu sauras rentrer chez toi ?

– Oui, Maître, ce n'est pas loin, répondit Orobete d'une voix que l'émotion étranglait.

V

Il vit une voiture arrêtée devant sa porte mais n'y prêta pas attention. Il venait de sortir sa clé pour ouvrir lorsqu'un milicien[1] surgit à côté de lui et, sur un ton sec mais neutre, lui demanda :

– Vous êtes bien Orobete Constantin, étudiant à la Faculté de mathématiques ?

– Oui, c'est moi.

– Veuillez me suivre, le camarade Irinoiu vous attend.

Une fois dans la voiture, l'agent se pencha vers le chauffeur et lui dit, de la même voix sèche :

– Préviens qu'il est rentré. Et précise l'heure : six heures vingt-cinq.

Orobete paraissait d'excellente humeur.

– Puisqu'il s'agit de précision, dit-il, un chronomètre indiquerait six heures vingt-six et dix-huit secondes. Mais nous n'en avons pas, ni vous ni moi. Ça coûte une fortune. Et un savant allemand a démontré que, s'il est porté en permanence, même le meilleur des chronomètres perd une fraction de seconde en quatre-vingt-cinq

1. Agent de police. (*N.d.T.*)

ans. Une fraction négligeable, il est vrai : trois millièmes de seconde.

Le milicien l'écoutait d'une oreille indifférente, en hochant la tête par moments. Quand ils arrivèrent, il dit au chauffeur :

– Dépose-nous à l'entrée principale et va nous attendre derrière.

Il descendit, attendit Orobete et le prit par le bras. Le jeune homme ne dit rien mais sourit de toutes ses dents. Le concierge avait été prévenu, puisqu'il les accueillit devant la porte et les conduisit aussitôt vers l'ascenseur, d'un pas rapide mais non sans une certaine solennité. Il monta le dernier, appuya sur le bouton et, lorsque la cabine s'arrêta, il en sortit le premier et se dirigea, tout aussi vite, vers le bureau du doyen. Le milicien frappa deux coups à la porte puis l'ouvrit toute grande.

– Constantin Orobete ! s'écria Irinoiu en se levant d'un bond. Qu'est-ce que vous m'avez fait, Orobete !

Celui-ci, après s'être poliment incliné, releva le front et demanda :

- Qu'est-ce que je vous ai fait ?

– Où aviez-vous disparu ?

– Vous m'aviez dit vous-même de ne pas revenir à la faculté aussi longtemps que je ne serais pas conforme au certificat médical. C'est pourquoi je ne suis pas venu ce matin, et pourtant je devais présenter un travail au séminaire de calcul différentiel. Je suis parti du côté de Cotroceni. J'avais choisi ce quartier un peu au hasard, en espérant y rencontrer mon homme. Et j'ai eu de la chance : je l'ai rencontré au bout de moins d'une heure. Nous nous sommes longuement promenés en bavardant. En fait, c'était surtout lui qui parlait. Rien que des choses intéressantes. Pour moi du moins. Nous nous sommes séparés vers cinq heures et demie et, le camarade milicien pourra vous le confirmer, je suis arrivé à la maison à six heures vingt-cinq.

Les sourcils froncés, les doigts noués, Irinoiu écoutait.

– Vous avez disparu ! siffla-t-il entre ses dents. Et non content de disparaître...

Il se rappela la présence du milicien et s'interrompit.

– Vous, lui dit-il, vous pouvez attendre dans le couloir. Le camarade inspecteur m'a téléphoné tout à l'heure. Il sera là d'un moment à l'autre.

Lorsque la porte se referma, Irinoiu s'assit derrière son bureau, exténué.

– Je ne m'attendais pas à pareille ingratitude, grommela-t-il sans lever les yeux. Nous qui avons tellement fait pour vous ! Je dirais même plus : nous qui vous avons élevé comme de vrais parents. Et moi qui étais si fier de vous, moi qui racontais partout que vous aviez le génie des mathématiques !

– Mais qu'est-ce que j'ai fait ? répéta Orobete, sur un ton grave cette fois. Je me suis baladé cinq heures dans les rues...

– Menteur ! cria Irinoiu en assenant un coup de poing sur son bureau. Vous avez bel et bien disparu ! Mercredi soir, dès que nous avons été prévenus, deux miliciens sont allés vous chercher chez vous.

– Mais c'est maintenant, mercredi soir. Et encore, en début de soirée...

Le doyen le regarda avec un mélange de curiosité et de crainte.

– Vous perdez la mémoire ou vous vous fichez de moi ? Asseyez-vous !

Orobete obtempéra.

– Vous avez disparu durant trois jours et trois

nuits, déclara solennellement Irinoiu. Nous sommes aujourd'hui le samedi 19 mai. Tenez, vous pouvez consulter le calendrier.

Le jeune homme se gratta la nuque, puis un sourire étrange éclaira son visage.

– Par conséquent, murmura-t-il comme s'il parlait tout seul, *quatre* jours et trois nuits... Et moi qui étais sûr qu'il n'était pas passé plus de cinq heures ! Je connaissais *l'heure* de façon précise, mais pas *le jour*. Je vivais dans le premier microcycle, mais pas dans le deuxième. Il est vrai que le temps peut être comprimé, tout comme il peut être dilaté. Pourtant, c'est bizarre : je ne suis pas fatigué, je n'ai pas sommeil, je n'ai pas faim... et ma barbe n'a pas poussé depuis trois jours, ajouta-t-il en se frottant les joues.

A cet instant, la porte s'ouvrit sur un homme entre deux âges, aux cheveux clairsemés soigneusement coiffés en arrière, aux vêtements printaniers mais discrets, presque sobres. Irinoiu quitta aussitôt son fauteuil, alla au-devant de lui et lui serra longuement la main. Orobete se leva à son tour et inclina la tête.

– Constantin Orobete, dit-il.

– Le camarade Albini est inspecteur, expliqua Irinoiu. Il a tenu à vous connaître personnellement avant de décider ce qu'il faut...

– C'est donc vous, le mystérieux personnage, dit Albini en s'approchant d'Orobete et en lui tendant la main. Le mystérieux personnage que nous recherchons depuis trois jours et trois nuits... Mais asseyez-vous donc, ajouta-t-il en s'installant lui-même dans l'un des deux fauteuils qui faisaient face au bureau. Je sais que le camarade Irinoiu ne fume pas. Vous, peut-être ?...

– Non merci, je ne fume pas non plus.

Albini sortit un étui à cigarettes de sa poche et reprit :

– Moi, j'ai un faible pour les anglaises, je parle des cigarettes, naturellement... Le professeur Dorobantu m'a dit que vous aviez le génie des mathématiques... et notre pays a besoin de savants. Mais pour le moment, ce soir, je serais curieux d'en apprendre plus long sur votre rencontre du "Juif errant" ; le camarade Irinoiu m'a raconté comment il vous a fait passer le bandeau d'un œil sur l'autre. Je serais également curieux de savoir où vous êtes allé ou bien où vous vous êtes caché trois jours et trois nuits durant.

– Il croit n'avoir été absent que cinq heures, dit le doyen.

Albini les regarda à tour de rôle comme s'il n'en croyait pas ses oreilles.

– Quoi ? ! Qu'est-ce que ça veut dire ?

– J'avais l'impression qu'on était le soir du jour où je suis parti au hasard dans les rues et où j'ai retrouvé le vieillard qui m'avait déplacé mon bandeau. Autrement dit, je croyais qu'on était mercredi soir. Je me trompais, je le reconnais. Pourtant, continua-t-il en souriant, comme je le disais tout à l'heure au camarade Irinoiu, je ne suis pas fatigué et je n'ai pas une barbe de trois jours.

Albini l'observait tout en faisant machinalement tourner son étui à cigarettes entre ses doigts.

– Je n'essayerai pas de vous raconter ce qui m'est arrivé, poursuivit Orobete, parce que ça vous paraîtrait si absurde et invraisemblable que vous ne me croiriez pas. Acceptez cette hypothèse : j'ai vécu une expérience bizarre, paranormale, disons "extatique", mais décisive pour moi car elle m'a révélé la possibilité de l'équation absolue. Si nous réussissons à la déchiffrer – je ne parle pas de moi seulement, mais de tous les mathématiciens du monde –, si nous réussissons à résoudre cette ultime équation, *tout deviendra possible !* La solution a d'ailleurs été entrevue par Einstein et, semble-t-il...

– Excusez-moi de vous interrompre, dit Albini en levant les bras, mais avant d'en venir à cette ultime équation, comme vous l'appelez, je voudrais que vous me racontiez ce qui s'est passé mercredi en début d'après-midi après que vous avez rencontré... tenez, appelons-le Ahasvérus. D'ailleurs, ajouta-t-il sur un autre ton, votre embarras m'a bien amusé quand vous ne saviez pas comment l'appeler et que vous lui avez crié : "Monsieur le Juif errant ! Monsieur l'Israélite !"

Orobete sursauta, pâlit.

– Comment le savez-vous ?

Albini rit, mais un instant plus tard il avait retrouvé sa gravité. Il ouvrit son étui et choisit sans hâte une cigarette avant de répondre :

– Nous avons nos secrets, tout comme Ahasvérus a les siens et vous les vôtres. Mais, puisque nous sommes entre nous, je peux vous expliquer ce qui s'est passé : quelqu'un vous a entendu, un de nos agents, et ça lui a paru bizarre, d'autant plus qu'il a vu l'homme auquel vous vous adressiez, il a vu Ahasvérus. Et, du coup, il vous a suivis.

– Mais alors, puisque j'ai été suivi, inutile de vous raconter ce qui s'est passé...

– Au contraire, c'est indispensable, dit l'inspecteur. Vous verrez bientôt pourquoi. Continuez, s'il vous plaît.

Orobete jeta un regard interrogateur au doyen, haussa les épaules et entama son récit sur un ton badin :

– Eh bien, il m'a dit : "Cherchons un coin tranquille pour bavarder sans être dérangés." Vous savez, continua-t-il en se tournant vers le doyen, je lui avais dit que si je ne me présentais pas le bandeau sur l'œil droit...

– Je sais, fit Albini, impatient.

– Et alors il s'est arrêté devant une grande maison, on aurait dit un hôtel particulier de jadis, il m'a pris par la main et m'a entraîné à l'intérieur. La maison était vide. Il y avait une sorte de salon, très vaste et... Mais j'aurais beau essayer de vous le décrire, je n'y arriverais pas : je ne m'en souviens plus très bien moi-même et je ne me rappelle pas non plus comment nous avons fait pour entrer dans la maison voisine et ensuite dans d'autres... Car j'avais bien l'impression de passer d'une maison dans une autre, nous traversions parfois un jardin, nous sommes entrés dans une belle demeure, plutôt un palais aux galeries immenses, avec une multitude de salons...

Il se tut, embarrassé, tira un mouchoir de sa poche et s'essuya le front. Albini alluma une cigarette et prit la parole :

– Je vais vous le dire, moi, ce qui s'est *réellement* passé. Vous êtes entrés au 3, rue Ienàchità Vàcàrescu, dans une maison qu'on appelait jadis "le Pavillon du douanier". Elle avait été évacuée il y a déjà pas mal de temps et on a commencé à la démolir le lendemain matin, jeudi. Au bout d'une dizaine de minutes, vous êtes sorti seul, par l'entrée principale – nous ne comprenons pas comment vous avez fait puisque la porte était bloquée à l'intérieur par une barre de fer –, et vous avez remonté la rue en direction de la statue. Une vieille femme s'est approchée et vous a parlé. Vous avez marché côte à côte et, lorsque vous êtes arrivés devant la statue, vous avez sorti un livre russe de votre poche.

– Pouchkine ! Les récits de Pouchkine, murmura Orobete, songeur.

– Tout juste. Vous l'avez feuilleté comme si vous cherchiez un certain passage. Entre-temps, la vieille femme s'est éloignée sans que vous vous en aperceviez et elle a disparu. Quand vous avez levé les yeux de votre bouquin, un ouvrier en bleu de chauffe se trouvait à côté de vous et vous regardait d'un air curieux. Vous lui avez demandé quelque chose, je ne sais pas ce qu'il vous a répondu, mais vous l'écoutiez avec un vif intérêt, en souriant tout le temps.

Albini se tourna vers le doyen.

– Je tiens à préciser, entre parenthèses, que nous le recherchons et que nous le trouverons, tout comme nous retrouverons la vieille... Mais évidemment, ce qui nous intéresse pour le moment, dit-il en s'adressant à Orobete, c'est que vous nous appreniez qui étaient ces deux personnes, que vous semblez avoir rencontrées par hasard et avec lesquelles vous avez eu pourtant des conversations soutenues.

Orobete répondit d'une voix transformée, grave, qui ne paraissait pas être la sienne :

– Pour tout vous dire, je ne me souviens pas plus de la vieille que de l'ouvrier. J'ai eu sans arrêt l'impression de me trouver aux côtés du vieil homme. Il me tenait presque tout le temps par la main ou par le bras, il m'entraînait, me parlait sans cesse. C'est à peine si je réussissais à lui poser quelques questions... A présent, d'ailleurs, je le regrette bien ; je n'ai pas eu le temps, ou il ne m'a pas laissé la possibilité, de l'interroger sur l'essentiel : qu'est-ce qu'Einstein a dit avant de mourir ? Et, surtout, pourquoi un secret aussi rigoureux autour de ses dernières paroles ? Mais ce n'est pas tout ·

comment Heisenberg savait-il ce qu'Einstein avait dit sur son lit de mort ? Car *il le savait.* Et il lui a répondu... mais sa réponse est également gardée secrète.

Albini et Irinoiu échangèrent des regards d'intelligence. Puis l'inspecteur leva la main et dit :

– Nous y reviendrons. Mais, puisque vous ne vous souvenez pas plus de la vieille que de l'ouvrier, je vais vous raconter ce qui s'est passé ensuite. Vous vous êtes dirigés tous les deux, l'ouvrier et vous, vers l'arrêt du tramway, sans arrêter de bavarder. Vous, vous y êtes resté pour attendre le tramway, tandis que l'ouvrier a traversé et s'est perdu dans la foule. Mais vous n'êtes pas monté dans le premier, ni dans le deuxième. On aurait dit que vous attendiez quelqu'un. Et en effet, votre Ahasvérus, *le Juif errant**, est descendu de la troisième rame. Alors, vous êtes partis ensemble en direction du cimetière israélite...

– C'est impossible ! s'écria Orobete. Je vous jure que je n'y ai jamais mis les pieds. Je ne sais même pas où il se trouve.

– Vous vous en souviendrez peut-être par la suite, reprit Albini. Le vieux vous tenait par le bras et vous parlait tout le temps ; vous, vous l'écoutiez d'un air fasciné, sans dire un mot. Une fois au cimetière, vous vous êtes dirigés vers la chapelle et vous y êtes entrés. L'agent qui vous suivait est resté à l'extérieur et a attendu jusqu'à sept heures du soir. A ce moment-là, il a voulu entrer à son tour pour voir ce qui se passait, mais la porte était fermée à clé. Alors il a téléphoné au bureau et, une demi-heure après, plusieurs hommes étaient là avec un serrurier, qui a ouvert. On a cherché partout, mais on n'a rien trouvé d'autre que le livre de Pouchkine. On a fait venir le secrétaire de la Congrégation israélite, qui nous a confirmé ce que nous savions déjà : il n'y a ni crypte ni issue secrète dans la chapelle. Nous y avons cependant laissé deux hommes toute la nuit pour assurer la surveillance et, le matin, une équipe munie d'appareils à ultra-sons est venue sonder les murs, le sol, le plafond. Avec l'autorisation de la Congrégation, le cimetière a été placé sous surveillance jusqu'à il y a une heure environ, quand on nous a téléphoné que vous étiez de retour.

L'inspecteur se tut, le temps d'éteindre sa cigarette, puis fixa Orobete et reprit :

– Vous comprenez maintenant pourquoi nous sommes si curieux de savoir ce qui s'est passé. Par où êtes-vous sortis ?

Orobete l'écoutait attentivement, mais un sourire rêveur errait sur ses lèvres. Comme s'il se réveillait soudain, il haussa les épaules et répondit d'une voix ferme, grave, qui semblait parfois venir de loin :

– Je vous donne ma parole d'honneur que je ne suis pas entré dans ce cimetière, ou tout au moins que je ne m'en souviens pas. Ce dont je me souviens parfaitement, en revanche, c'est qu'à un moment donné, obsédé par cette énigme : le secret qui entoure les dernières paroles d'Einstein et la réponse de Heisenberg – mais comment Heisenberg a-t-il pu apprendre ce qu'Einstein avait dit sur son lit de mort ? –, à un moment donné donc, obsédé par cette énigme, je n'ai plus écouté le vieillard. Et c'est lui qui m'a réveillé, en me serrant le bras. "Dayan, m'a-t-il dit, ne pense plus à l'ultime équation : tu la trouveras tout seul, sans mon secours."

– Mais pourquoi l'appelez-vous "l'ultime équation" ? demanda l'inspecteur.

Orobete eut un sourire heureux. Il ne cherchait plus à dissimuler sa satisfaction.

– Si mon intuition est fondée, tous les deux, Einstein et Heisenberg, ont découvert l'équation qui permet d'intégrer le système matière-énergie à l'autre ensemble, espace-temps. C'est l'ultime équation parce qu'on ne peut pas aller plus loin. Tout au plus pourrait-on – malheureusement ! – revenir en arrière.

– C'est-à-dire ? demanda Albini.

– Si mon intuition est fondée, répéta Orobete sur un ton vif, or je pense qu'elle l'est puisque le Maître, Ahasvérus, m'a assuré que je déchiffrerai l'énigme, ils ont compris tous deux que le temps pouvait être comprimé *dans les deux sens* : en avant, vers l'avenir, et en arrière, vers le passé.

– Et alors ?

– Et alors, *tout est possible* et l'homme, pour son malheur, *peut se substituer* à Dieu. Voilà très probablement la raison – me semble-t-il – pour laquelle le secret est gardé avec tant de rigueur. Tous les deux ont très probablement dit : "Faites attention, ne jouez pas avec le feu. Non seulement vous pourriez incinérer le globe en quelques secondes, mais vous pourriez vous retrouver plusieurs centaines de milliers ou même des millions d'années en arrière, au commencement de la vie sur terre. Essayez de préparer un groupe trié sur le volet, une élite, pas seulement des mathématiciens et des physiciens, mais aussi des poètes et des mystiques, qui sachent comment déclencher le processus d'anamnèse, c'est-à-dire comment refaire la civilisation – si elle vaut la peine d'être refaite..."

Albini jeta un regard interrogateur au doyen puis, après avoir consulté sa montre, demanda :

– Cet Ahasvérus, au fond, qui est-ce ?

Orobete sourit à nouveau, radieux.

– C'est maintenant seulement, quand vous me posez la question, que je crois commencer à comprendre qui est Ahasvérus. Et si je commence à comprendre, c'est grâce à lui, car il m'a appris à penser correctement, c'est-à-dire à poser la bonne question avant de chercher la réponse. Dans un certain sens, pour reprendre une métaphore que de nombreux penseurs ont considérée à tort comme un concept philosophique, Ahasvérus est une sorte d'*anima mundi*, d'Esprit du Monde, mais il est bien plus simple et plus profond. Parce que, en réalité, Ahasvérus *peut être* n'importe lequel d'entre nous : moi ou l'un de mes collègues ou bien vous ou encore votre oncle, le colonel Petroiu, celui qui s'est suicidé à Galati, mais si habilement qu'on a conclu à un accident, sans que personne ne pense au suicide...

Albini tressaillit et un rictus tordit ses lèvres.

– Excusez-moi, reprit Orobete, si je me suis permis de dévoiler un secret de famille, en fait un secret que vous étiez seul à connaître, depuis que vous avez lu, il y a quelques années, la correspondance de votre oncle.

Il se tut, l'air soudain épuisé, et se passa à plusieurs reprises la main sur la figure.

– Comme vous voyez, chuchota-t-il, j'ai réintégré la durée physiologique. Je sens que j'ai une barbe de quatre jours, et je suis fatigué. Avec votre permission, je voudrais me retirer. Ce n'est pas tant que j'aie faim, mais j'ai sommeil.

L'inspecteur se leva.

– Tout est prêt, dit-il. Je savais bien que personne ne pouvait tenir le coup plus de trois jours. La voiture nous attend. Cette nuit, vous dormirez au sanatorium.

VI

La première chose qu'il vit à son réveil fut, très haut dans le mur lui faisant face, une fenêtre oblongue, haute de quelques dizaines de centimètres et large de près de deux mètres. Et la première chose qu'il entendit, par la porte entrouverte, fut une voix connue.

– Docteur, criait le professeur Dorobantu, c'est une vraie tragédie ! S'il n'a plus sa tête, c'est la tragédie d'Eminescu[1] qui se répète. Jamais la Roumanie n'avait donné de mathématicien aussi génial ! Je ne suis pas le seul à l'affirmer, tous mes confrères le disent aussi. Il a renversé le théorème X de Gödel !

Un pâle sourire aux lèvres, Orobete fixait, comme fasciné, l'entrebâillement de la porte.

– Le cas est assez difficile, fit la voix du docteur Vlàdut. Nous ne pouvons pas encore savoir ce qui s'est *réellement* passé. Avec le patron, nous avons écouté trois fois les bandes magnétiques qui nous ont été remises. Je dois avouer que pour le moment nous n'y avons pas compris grand-chose. Et je ne parle pas des

1. Le plus grand poète romantique roumain (1850-1889), mort fou. *(N.d.T.)*

formules et des calculs mathématiques, qui dépassent notre compétence. Il s'agit de tout ce qu'il a dit après les premières piqûres. Apparemment, il semblerait que nous ayons affaire au syndrome classique de la schizophrénie, comme je l'ai précisé au début au camarade Albini. Mais, depuis peu, j'en suis moins sûr... Et je pense qu'on a commis une erreur en ne vous faisant pas venir plus tôt. Le malade a prononcé plusieurs fois votre nom à propos de sa thèse – licence ou doctorat, nous n'avons pas bien compris – et il l'a répété chaque fois qu'il mentionnait Gödel. Il disait : "Vous êtes convaincu, maintenant, camarade Dorobantu ?" et quand il ne souriait pas, c'était parce qu'il riait.

– Vous ne devriez pas fermer la porte ? demanda Dorobantu en baissant la voix. Si jamais...

– C'est la règle, répondit le docteur. *Il faut* laisser la porte entrouverte dès que le malade reste seul.

– Mais s'il nous entendait ?

– C'est impossible. Je l'ai examiné il y a cinq ou six minutes : il est plongé dans un profond sommeil. Si profond qu'on pourrait le croire en état cataleptique. La respiration est à peine perceptible et le pouls... eh bien... son pouls est à la limite. Quant au reste... Il n'a même pas réagi aux pointes de feu appliquées sur les zones sensibles. Depuis ce matin, il n'a plus parlé, alors qu'il le faisait toujours, jusque-là, après les piqûres. Une de mes assistantes s'est tenue tout le temps à ses côtés et en plus j'ai vérifié moi-même la bande tout à l'heure : pas un mot.

– Quels sont les risques ? demanda le professeur à mi-voix.

– Il n'y en a pas plus que le jour où il a été hospitalisé.

Mais c'est la première fois qu'il ne dit rien, malgré les piqûres.

Orobete réprima à grand-peine un éclat de rire. Puis il respira profondément, s'adossa à son oreiller, leva la tête et cria, d'une voix claire et forte :

– Monsieur le professeur ! Ça fait longtemps que je vous attends. Pourquoi donc n'entrez-vous pas ?

Une seconde plus tard, les deux hommes, affolés, se précipitaient dans la chambre.

– Dayan ! s'écria Dorobantu. Dayan ! répéta-t-il d'une voix étranglée où perçaient des sanglots.

Le docteur s'approcha du lit, saisit le poignet droit d'Orobete dans sa main et lui prit le pouls.

– Je suis là depuis combien de temps ? demanda le jeune homme. Ça fait trois jours ?

Dorobantu n'osa pas répondre et lança un regard de détresse à Vlàdut.

– Il y a plus longtemps, dit le médecin.

Puis il se dirigea vers la porte et sortit. Ils l'entendirent courir dans le couloir.

– Alors, il est trop tard, murmura Orobete, un sourire mélancolique aux lèvres. Trop tard...

Les doigts agités d'un tremblement nerveux, le professeur fixait sur lui un regard effrayé.

– Qu'est-ce que vous nous avez fait, Dayan ! Qu'est-ce que vous nous avez fait !...

– Qu'est-ce que j'ai fait ? demanda Orobete sans cesser de sourire.

– Les Américains sont au courant, les Russes sont au courant, les Allemands au courant. Tout le monde, sauf nous. *A nous*, vous ne nous avez rien dit ! Mais comment avez-vous fait ? Comment avez-vous fait pour les mettre au courant ?

Orobete, toujours souriant, se passa la main sur le front.

– Ce n'est pas moi, répondit-il posément. C'est mon Maître, Ahasvérus, qui les a mis au courant, conformément à la promesse qu'il m'avait faite. Mais il est passé plus de trois jours, il est trop tard. *Les jeux sont faits* !*

Les mains toujours tremblantes, Dorobantu se rapprocha un peu plus du lit.

– Qu'est-ce que vous voulez dire ? Quel est le rapport ?

Orobete lui adressa un sourire chaleureux.

– C'est une longue histoire et, même si je vous la racontais de bout en bout, vous ne voudriez pas me croire. Ecoutez quand même le commencement... Je vous le dis, à vous, parce que vous m'avez toujours fait confiance.

– Nous vous avons tous fait confiance. Dès que vous m'avez apporté votre mémoire et que je l'ai communiqué au Centre et ensuite à l'Académie des sciences, tout le monde m'a dit : "Il a du génie, ce Constantin Orobete !" Je leur ai répondu : "S'il continue comme ça, il résoudra bien d'autres problèmes, auxquels il a fait allusion, mais sans rien me confier de précis." Et je leur ai répété ce que vous m'aviez déclaré : "Je ne vous dis pas de quoi il s'agit, parce que je n'ai pas encore trouvé la solution."

Silencieux, Orobete ne quittait pas son professeur du regard.

– Mais soignez-vous, Dayan ! s'écria soudain Dorobantu en se frottant les yeux afin de cacher ses larmes. Ne devenez pas fou comme Eminescu ! Gardez-nous votre génie, pour que le monde entier en parle.

Orobete se pencha et lui prit la main.

– Je vous remercie, monsieur le professeur, et je vous suis reconnaissant... Si je ne suis pas devenu fou jusqu'ici, je ne le deviendrai pas dorénavant... Mais laissez-moi vous dire comment ça a commencé. C'était le matin du 16 mai. Et tout s'est déclenché à cause d'un orage.

Dorobantu jeta un coup d'œil inquiet alentour, sortit un mouchoir de sa poche et s'essuya les yeux.

– Sans l'orage, poursuivit le jeune homme avec le même sourire triste, il en serait allé autrement. Vous savez que le doyen n'aime pas l'orage et qu'il a les éclairs et la foudre en horreur, la foudre surtout. Or, ce matin-là, la foudre est tombée plusieurs fois très près. Je crois même que le dernier coup est tombé à quelques mètres seulement de la faculté.

– Je ne comprends pas : quel est le rapport avec votre affaire ?

– Ecoutez-moi cinq minutes et vous comprendrez où je veux en venir. Tout a commencé, disais-je, parce que, un orage ayant éclaté, le doyen était distrait, nerveux et, finalement, en colère. Voilà pourquoi il n'a pas cru ce que je lui expliquais à propos du déplacement de mon bandeau noir d'un œil sur l'autre. Il a pensé à une ruse de ma part... Drôle de ruse ! ajouta-t-il sur un ton empreint d'amertume.

Orobete s'aperçut à ce moment-là que les docteurs Petrescu et Vlàdut étaient entrés depuis quelques instants déjà et l'écoutaient attentivement.

– Permettez-moi de continuer, leur dit-il. J'étais en train d'expliquer au camarade Dorobantu ce qui s'est passé. Et notamment que tout a commencé à cause de l'orage du 16 mai...

– Faites, je vous en prie, dit Vlàdut. Peut-être

comprendrons-nous ainsi pourquoi vous reveniez sans arrêt sur la foudre qui tombait à proximité de la faculté.

– J'en ai donc également parlé dans mon sommeil... Un certain sommeil, évidemment, celui que provoquent les piqûres de "sérum de vérité". Tant mieux ! Comme ça, personne ne doutera plus de ce que je dis, ajouta-t-il sur un ton narquois, et les deux médecins baissèrent les yeux, confus.

– Mais quel rapport y a-t-il entre l'orage et la foudre, demanda Dorobantu, et l'équation dont Princeton a été mis au courant en premier et tous les autres quelques jours plus tard ?

Orobete rayonnait de joie. Comme l'une des infirmières entrait dans la chambre, il lui adressa un grand sourire, accompagné d'un signe amical de la main.

– Mes félicitations, chère camarade Economu. Mes félicitations et mes remerciements. Vous appliquez les pointes de feu avec un talent et une précision inégalables.

Et, tandis que Dorobantu jetait un regard éperdu aux deux médecins, le jeune homme reprit d'une voix sereine :

– Le rapport est simple bien qu'il ne soit pas apparent. Sans l'orage, le doyen aurait été calme et plus compréhensif. Il ne m'aurait pas menacé de me renvoyer de la faculté juste avant ma thèse si je ne revenais pas avec mon bandeau sur l'œil droit.

Dorobantu, embarrassé, reprit son mouchoir et s'essuya le front.

– Vous avez fait de nombreuses allusions à ce bandeau noir, dit le docteur Petrescu. Mais nous n'avons pas bien compris ce que vous vouliez dire. Je sais, évidemment, que bon nombre de vos collègues et amis, et même certains de vos professeurs, vous surnomment Dayan.

– Moi, je l'appelle Dayan depuis que je le connais, avoua Dorobantu.

– Eh bien, voici ce qui s'est passé, commença Orobete.

Et il répéta sans omettre de détails, avec une satisfaction évidente, tout ce qu'il avait raconté à Irinoiu. Il interrompait le récit par moments, pour préciser :

– Et à cet instant-là, la foudre est tombée et on a entendu le tonnerre.

Albini, immobile sur le pas de la porte, écoutait. Lorsque Orobete eut répété la menace du doyen : « Si vous ne vous présentez pas demain suivant le certificat médical, je ferai mon rapport là où vous savez », l'inspecteur entra, s'approcha du lit et serra la main du jeune homme.

– Mes félicitations, camarade Orobete. Vous vous êtes remis plus vite que je ne l'espérais et votre mémoire reste toujours aussi exceptionnelle. Mais, puisque vous parliez d'Ahasvérus et du déplacement de votre bandeau, je dois vous annoncer qu'il y a une confusion.

Il s'assit sur une chaise et ouvrit sans hâte sa serviette avant de reprendre :

– Le camarade Irinoiu ne pouvait pas le savoir. Il ne pouvait pas savoir qu'il s'agissait d'une erreur. J'ai consulté votre dossier au service de chirurgie de Coltea, j'ai parlé au professeur Vasile Naum, qui vous a opéré, et j'ai appris la vérité. Voici, continua-t-il en sortant une feuille blanche de sa serviette et en la donnant à Orobete, *l'original* du certificat délivré le 11 septembre 1963 par le service de chirurgie. Lisez-le. Il y est clairement indiqué que vous avez été opéré de *l'œil gauche*. Par conséquent, c'est le droit qui a toujours été et est resté votre bon œil. L'erreur a été commise par une secrétaire en tapant une copie d'après l'original établi par le professeur Naum. Une erreur que le camarade Irinoiu ne pouvait qu'ignorer. Tout est clair pour lui depuis que je lui ai montré cet original et, bien entendu, il regrette sa colère et ses menaces. Le problème de l'œil, droit ou gauche, est donc parfaitement éclairci. Inutile d'y revenir.

Orobete, qui avait écouté religieusement, relut le certificat et dit en souriant :

– Je savais bien qu'il n'existait pas de problème insoluble. Je savais aussi que la solution la plus "créatrice" était la solution de type gordien. "La connaissance gordienne", comme l'a appelée un penseur roumain. Rappelez-vous le nœud du char de Gordius, roi de Phrygie. Il était si compliqué que, des siècles durant, personne n'avait réussi à le dénouer. Or, un oracle avait prédit que celui qui y arriverait se rendrait maître de l'Asie. Quand Alexandre le Grand est entré à Gordium et a appris l'augure, il a tranché le nœud d'un coup d'épée. La suite est dans les livres d'histoire : Alexandre a conquis l'Asie.

Albini ne put s'empêcher de rire. Il remit le certificat dans son porte-documents et dit :

– J'aime bien cette formule, "connaissance gordienne". Je m'en servirai à l'occasion. Mais, poursuivit-il sur un ton brusquement sérieux, si le problème du bandeau est réglé et si Ahasvérus redevient ce qu'il a toujours été – une fantasmagorie, une vue de votre esprit –, d'autres questions, essentielles, ne sont pas encore éclaircies. Voici la première, bien que ce ne soit pas la plus importante : où êtes-vous passé après être entré dans la chapelle du cimetière israélite ? Où vous êtes-vous caché, trois jours et trois nuits durant ?

Orobete fronça les sourcils, comme s'il avait du mal à comprendre la question. Tout à coup, il se dérida et dit :

– Je vous ai répondu de mon mieux dans le bureau du camarade Irinoiu. Vous ne m'avez sans doute pas cru et je vous comprends, puisque mon histoire est incroyable. Mais, depuis, on m'a fait je ne sais combien de piqûres de penthotal et tout ce que j'ai dit sous l'effet de la drogue a été enregistré. Si vous avez écouté les bandes, vous avez pu constater que je n'ai pas menti, que je ne vous ai rien caché.

– Je les ai toutes écoutées, et plusieurs fois chacune. Mais, à part des fantasmes et des citations en plusieurs langues, il n'y a que des spéculations et des formules mathématiques, la plupart inintelligibles, pour le moment du moins.

– Il faudrait un mathématicien pour les comprendre, intervint timidement Dorobantu.

– Nous avons fait appel aux mathématiciens bucarestois les plus réputés, rétorqua Albini sans regarder le professeur. Et c'est justement au sujet de ces formules mathématiques, poursuivit-il d'une voix grave, que nous avons un autre problème à résoudre, bien plus important...

Il se tourna vers les médecins et demanda :

– Nous ne le fatiguons pas trop ?

Orobete se passa la main sur le front et, après une brève hésitation, dit à mi-voix :

– Puisque vous posez la question, je dois avouer que je commence à être fatigué.

L'inspecteur se leva et lui tendit la main.

– Du repos, dit-il, beaucoup de repos ! Et du sommeil. Nous reparlerons de tout ça. Nous avons le temps.

– Laissez la porte entrouverte, s'il vous plaît, dit Orobete. Je voudrais savoir si je traduis correctement ou si je me fais berner par des illusions et des espoirs...

VII

Lorsqu'il fut certain que les quatre hommes étaient sortis, il ouvrit l'œil et demanda à l'infirmière :

– Quel jour sommes-nous, camarade Antohi ?

L'infirmière rougit.

– Je ne sais pas si j'ai le droit de vous répondre. Il faut que je demande au docteur, dit-elle et elle se dirigea vers la porte.

– Non, non ! cria Orobete pour l'arrêter. Je me suis mal exprimé : je ne vous demande pas la date exacte, je voudrais seulement savoir si nous sommes *avant* ou *après* le solstice d'été, la Saint-Jean.

La jeune femme hésita puis chuchota :

– Avant... mais, je vous en prie, ne dites rien au docteur.

– Il n'en saura rien. Mais comment se fait-il qu'en plein été je ne voie jamais le soleil ?

Elle le dévisagea d'un air curieux, comme si elle ne comprenait pas sa question.

– Comment ça, vous ne le voyez pas ? Vous avez une des chambres les plus claires, sinon *la plus claire*. Vous avez le jour de cinq heures du matin jusqu'au soir.

– Non, je ne parle pas du jour, pas de la lumière de

l'été. Je me demande pourquoi on ne voit jamais *le soleil*, l'astre proprement dit.

– Ah ! fit la jeune femme, soudain déridée, je comprends ce que vous voulez dire. Eh bien, cette partie du pavillon a été construite de façon à recevoir tout le temps le jour, mais sans que le soleil gêne les malades en leur tombant dans les yeux. Sinon, il aurait fallu tirer les rideaux. Mais, vous voyez, il n'y en a pas. On n'en a pas besoin. Il y a juste des volets, pour la nuit.

– Je comprends, dit Orobete en hochant la tête. Au fait, si vous voyez l'académicien Pavel Vassiliévitch Bogatyrov, dites-lui qu'il est inutile de rester dans le couloir avec son micro qui peut enregistrer les conversations à plus de deux cents mètres. Il ferait mieux de venir ici, on causera. Dites-lui que je comprends parfaitement le russe, quoique je ne le parle pas bien. Et puis, de toute façon, il connaît tellement de langues, le camarade Bogatyrov...

– Je n'y comprends rien, bredouilla l'infirmière, un sourire hébété aux lèvres.

– Allez vite dire tout ça à vos chefs, ils comprendront, eux.

La jeune femme tourna les talons et sortit, sans oublier de laisser la porte entrouverte. Orobete eut toutes les peines du monde à contenir un éclat de rire. Quelques minutes plus tard, Vlàdut entrait, la mine grave.

– Qu'est-ce que c'est que cette histoire ? L'infirmière raconte que vous lui auriez dit que quelqu'un vous écouterait, caché dans le couloir...

– En effet : le professeur Pavel Vassiliévitch Bogatyrov, de l'Académie des sciences soviétique.

– Je vous assure que je ne connais même pas son nom

et que personne n'écoute dans le couloir. Du reste, il est strictement interdit aux visiteurs de rester dans les couloirs.

Orobete haussa les épaules et sourit.

– Etant donné que je ne sais pas quel jour nous sommes, je ne sais pas non plus si le professeur Bogatyrov *est* ici, s'il y *a été* ou s'il y *sera* dans un avenir plus ou moins proche. Et, comme je suis obligé – ou, plutôt, comme vous m'obligez – de vivre dans une *durée personnelle*, sans la sanction du calendrier, je ne peux pas distinguer le passé de l'avenir.

– C'est tout à fait normal dans votre cas. Mais je vous assure que...

– Je vous crois, dit tranquillement Orobete. Si le camarade Bogatyrov n'est pas dans le couloir et n'y a pas encore été, il y sera prochainement. Mais, dans la mesure où il vous est permis de me dire la vérité, vous ne pourrez pas nier que ce matin, dans son bureau, votre patron, le professeur Manole Dràghici, a essayé de faire croire au professeur Lewis Dumbarton, de l'Institut des hautes études de Princeton, qu'il serait dangereux, dangereux pour moi, pour mon équilibre mental, de venir me voir, c'est-à-dire de venir ici, dans cette chambre, et de me poser des questions sur mon mémoire, *Quelques observations**...

Vlàdut rougit et consulta sa montre afin de se donner une contenance.

– Je ne vois pas ce que vous voulez dire. Quoi qu'il en soit, j'en ferai part au professeur Dràghici. J'espère me rappeler le nom que vous avez prononcé et tous les autres détails...

– Ne vous faites pas de souci. Tout a été imprimé sur bande magnétique.

Une fois seul, Orobete se prit la tête entre les mains et demeura ainsi, immobile, plongé dans ses pensées. Bientôt, Petrescu et Vlàdut entrèrent dans la chambre et s'approchèrent du lit, mais attendirent en silence.

– Allons, n'ayez pas peur, dit Orobete sans lever la tête. Interrogez-moi !... Mais cherchez d'abord la bonne question, ajouta-t-il, retrouvant soudain toute sa bonne humeur.

– Nous aimerions savoir, commença Vlàdut, qui vous a fait part de la visite du savant américain.

– Personne. D'ailleurs, excepté ceux qui y participaient, c'est-à-dire votre patron avec le professeur Dumbarton et l'interprète de l'ambassade américaine, ainsi que l'inspecteur Albini, personne ne savait rien de cet entretien et, à plus forte raison, de ce qui s'y est dit. Vous l'avez appris vous-même tout à l'heure, quand je vous en ai parlé.

– Mais vous, alors, comment l'avez-vous su ?

Orobete éclata d'un rire amer et haussa les épaules.

– Je les ai entendus parler. Au début, je me suis bien amusé à cause de l'embarras de l'interprète, qui ne connaissait pas le langage mathématique et ne savait pas comment traduire certains termes...

– Quoi ! vous avez entendu la conversation qui se tenait dans le bureau du patron ? s'écria Petrescu. Vous ignorez sans doute qu'il se trouve au troisième étage et à l'autre bout du pavillon.

De nouveau, Orobete haussa les épaules.

– Que voulez-vous ? Les mathématiques modernes, tout comme la physique moderne, ne tiennent pas compte des distances.

– Vous ne voudriez tout de même pas nous faire croire que...

Une infirmière entra sur ces entrefaites et chuchota à l'oreille du médecin :

– Il sera là dans quelques minutes.

– Enfin ! s'exclama Orobete. Je vais avoir le plaisir et l'insigne honneur de rencontrer le professeur Manole Dràghici autrement que sous narcose. Remettez-vous, railla-t-il en constatant que les deux médecins échangeaient des regards gênés, vous n'y êtes pour rien. C'est le traitement... Et je dois vous avouer franchement que je préfère encore la narcose et le sérum de vérité à la thérapie classique de la schizophrénie : les électrochocs et tout le reste...

Lorsque Dràghici entra, accompagné d'un jeune homme en civil, sans la blouse blanche réglementaire, Orobete se dressa sur son séant.

– Je vous remercie d'être venu, dit-il.

Dràghici s'arrêta à un pas de lui et le dévisagea longuement.

– On m'a dit, grommela-t-il, que vous êtes informé de la visite d'un savant étranger.

– Le professeur Lewis Dumbarton, de l'Institut des hautes études de Princeton.

– Voulez-vous nous redire comment vous l'avez appris ?

– Je vous ai entendus parler, dans votre bureau, répondit Orobete en haussant les épaules.

Dràghici tourna brusquement la tête vers les deux médecins.

– Comme je l'ai expliqué au docteur Vlàdut, poursuivit Orobete, le professeur Dumbarton était accompagné d'un interprète de l'ambassade et l'inspecteur Albini se trouvait également dans votre bureau. Je vous fais grâce des détails, bien que certains soient assez croustillants, par exemple la traduction de la terminologie physico-mathématique... Heureusement, vous vous êtes aperçus assez vite que vous pouviez vous entendre en français. Le professeur Dumbarton tenait à me parler à tout prix. Vous lui avez expliqué, habilement et non moins patiemment, qu'une pareille visite risquerait d'entraîner des conséquences fatales en raison de mon état critique. Malgré tout, il n'en démordait pas. A un moment donné – je pense qu'il a regretté par la suite d'avoir perdu son sang-froid –, à un moment donné, il vous a menacé d'un scandale public. Il n'a pas prononcé le mot, cela va de soi, mais le sens de ses propos était on ne peut plus clair : il alerterait toutes les académies, toutes les sociétés savantes du monde, il déclarerait qu'on m'avait interné de force dans un asile psychiatrique, contre ma volonté, etc. Alors, vous lui avez répondu avec un tact parfait que vous teniez mon dossier complet à la disposition d'une commission internationale de psychiatres : toutes les bandes magnétiques, leur transcription en roumain et leur traduction française, ainsi que mon histoire clinique : les piqûres qu'on m'a faites et ainsi de suite. De plus, vous lui avez affirmé que vous accepteriez que je sois examiné par un psychiatre américain de son choix, à condition qu'il soit compétent et connu. Mais sous aucun prétexte par un physicien ou un mathématicien. Alors Dumbarton s'est écrié en anglais : "Mais c'est justement ce qui nous intéresse ! Comprendre *ce qu'il a voulu dire*. Et nous voudrions le savoir *le plus vite possible !*"

– Nous aussi, fit la voix d'Albini sur le seuil.

Il entra, s'approcha du lit et donna la main à Orobete.

– Je suis content de tomber en pleine discussion. Et

content que le camarade Orobete nous ait fourni une preuve supplémentaire de l'acuité de ses sens ou de ses capacités extra-sensorielles. Auxquelles je ne crois d'ailleurs pas, ajouta-t-il en souriant.

Puis, se tournant vers Dràghici :

– Vous jugez utile de continuer le débat dans cet aréopage ?

Vlàdut, Petrescu et l'infirmière prirent la porte sans dire un mot.

– Vous, restez dans le couloir, lança le professeur à la jeune femme.

– Et toi, dit l'inspecteur au jeune homme en civil, attends-moi en bas.

Il s'assit sur une chaise à côté du lit et invita Dràghici à en faire autant, puis il dit :

– Profitons de la bonne forme du camarade Orobete. Profitons-en pour tirer au clair quelques problèmes au moins.

– Le malade prétend avoir entendu toute notre discussion de ce matin dans mon bureau.

– Je sais. J'étais dans le couloir et j'ai entendu. Nous reparlerons de cette énigme. Pour le moment, camarade Orobete, je vous apporte une bonne nouvelle. Nous avons résolu le problème de la chapelle du cimetière israélite.

– Enfin ! Je vous ai toujours dit que je ne savais même pas...

– En fait, vous y êtes bien entrés, vous et le vieux qui vous accompagnait. La preuve : nous y avons retrouvé le livre de Pouchkine. Mais vous n'y êtes pas restés longtemps. Pas plus d'une demi-heure.

– Comment le savez-vous ? demanda Orobete, narquois.

Albini lui jeta un regard froid, fit un effort pour sourire et reprit, sur un ton confidentiel :

– Pressé de questions, l'agent qui vous suivait a avoué s'être éloigné à un moment donné pour satisfaire un... besoin physiologique urgent et s'être caché quelques minutes derrière les arbres. C'est vraisemblablement pendant ce temps-là que vous avez quitté la chapelle. D'ailleurs, ajouta l'inspecteur en voyant que le jeune homme, qui l'écoutait attentivement, gardait néanmoins son air guilleret et paraissait sur le point d'éclater de rire, d'ailleurs trois personnes qui habitent à proximité se rappellent vous avoir vus sortir tous les deux du cimetière et prendre la direction de la statue des Volontaires. Vous êtes très probablement entrés dans une maison du quartier – nous finirons bien par savoir laquelle – et vous y avez passé trois jours et trois nuits, peut-être tous les deux, peut-être vous seul... Pour conclure donc, rien de surnaturel. Le "mystère" s'est évaporé.

– La connaissance gordienne ! s'exclama Orobete.

– Parfaitement. Face à une énigme qui semble impliquer le miraculeux, la meilleure solution consiste *à refuser* le miracle et à rechercher l'explication la plus simple, la plus *terre-à-terre**, comme disent les Français...

– Dans notre cas, un besoin physiologique pressant. Et, du même coup, tous les autres problèmes se résolvent d'eux-mêmes...

Albini posa un regard interrogateur sur le professeur, qui lui répondit par un bref battement des paupières.

– Pas tous, reprit l'inspecteur sur un ton différent, presque sévère. Quelques énigmes subsistent. Ainsi, par exemple, je voudrais vous demander ce que vous savez, ou ce que vous pensez, de ce document.

Il sortit une brochure de sa serviette et la lui remit. Dès qu'il en vit le titre, Orobete rougit.

– "*Quelques observations sur le théorème X de Gödel**, par Constantin Orobete". C'est sorti quand ? demanda-t-il d'une voix étranglée. Et qui l'a imprimé ?

– C'est justement ce que je voulais vous demander. Regardez l'indication qui figure en bas de page.

La gorge serrée, Orobete lut tout haut :

– "*Bulletin de l'Académie des sciences de la République Socialiste de Roumanie, N.S., tome XXIII, fasc. 2, mai-juin 1973**".

Il leva la tête et répéta, sur un ton angoissé :

– 1973 ? !

– Content de voir que vous remarquez aussi cette... disons cette méprise, répondit Albini. Nous ne sommes qu'en 1970 et vous devez vous rappeler, puisque vous le recevez régulièrement, que le dernier numéro du *Bulletin** a paru il y a quelques mois : tome XX, fascicule 5...

Songeur, Orobete sourit et se frotta machinalement le front.

– Ça ne peut être qu'une farce, dit-il. Quelqu'un s'est amusé à l'imprimer sans me demander mon avis...

Il s'interrompit, lut les premières lignes et se mit à tourner les pages d'une main de plus en plus nerveuse.

– Mais ce n'est pas ma thèse de doctorat, murmura-t-il. Il n'y a que le titre qui est le même.

– C'est ce que m'a dit le camarade Dorobantu, confirma Albini.

– Et ce n'est pas non plus le théorème qui me préoccupe depuis quelque temps. Vous me permettez d'y jeter un coup d'œil, pour voir de quoi il retourne ?

Un nouvel échange de regards avec Dràghici, et Albini répondit :

– Je vous en prie, vous nous rendrez service.

Les deux hommes observaient Orobete tandis qu'il lisait. Par moments, un étrange frémissement parcourait son visage. A la troisième page, sa main se mit à trembler.

– Ça signifie que j'ai résolu l'ultime équation, bredouilla-t-il, la voix rauque. Mais quand ? Lorsque je vous ai vu pour la première fois, dans le bureau du doyen, je savais déjà que j'étais sur la bonne voie, mais j'ignorais encore *comment* la résoudre.

La brochure à la main gauche, il la leva bien haut et, de la main droite, montra une demi-page couverte de chiffres et de signes mathématiques.

– Et voici, s'écria-t-il, la plus simple, la plus *belle*, la plus *élégante* des démonstrations que puisse concevoir un esprit humain ! Qui vous l'a donnée ? demanda-t-il, curieux, à Albini.

– Ce n'est pas un secret. Tous nos mathématiciens l'ont reçue ce matin, donc bien après les grands mathématiciens du monde.

– C'est sans doute notre hôte de ce matin qui les a apportées, grommela Drăghici.

– Certainement. D'autant plus qu'elles sont toutes arrivées dans des enveloppes de fabrication roumaine, avec des timbres roumains. Le cachet de la poste : Bucarest, 17 juin 1970.

– Il nous reste donc trois jours, chuchota Orobete, mélancolique.

– Qu'est-ce que vous voulez dire ? s'étonna l'inspecteur.

– Si elles ont été postées hier, nous sommes aujourd'hui le 18 juin, continua le jeune homme, le regard dans le vide. Il reste donc trois jours avant le solstice d'été, avant la Saint-Jean. C'est-à-dire douze ans jour pour jour que j'ai fini de lire *le Juif errant* dans la grange communale de Strândari... C'était avant mon accident. Je lisais plus vite à l'époque, et mieux. J'avais mes deux yeux...

Albini regarda de nouveau Dràghici, puis dit :

– Oui, elles ont toutes été expédiées de Bucarest. Et nous vérifions de quel endroit exactement. En outre, nous saurons demain si les mathématiciens de Cluj, de Iasi et des autres centres universitaires en ont également reçu.

Orobete tourna la page. Rien ne pouvait l'atteindre, semblait-il, hormis ses formules.

– De plus en plus sensationnel, murmura-t-il, et de plus en plus dur à comprendre. Les axiomes sont bien les miens et l'analyse se déroule conformément à l'intuition que j'ai eue dès le début, depuis que j'ai découvert l'ambiguïté de la théorie de Gödel. Mais il y a tellement d'éléments nouveaux...

– Que vous connaissiez pourtant, compléta l'inspecteur. Et, pour satisfaire votre curiosité, je peux vous dire que c'est maintenant seulement, votre mémoire sous les yeux, que les mathématiciens auxquels nous nous sommes adressés ont réussi à comprendre une partie de vos calculs et de vos spéculations physico-mathématiques, que nous avions enregistrés au magnétophone pendant votre sommeil.

– Et après les piqûres de penthotal, précisa Orobete, tout sourire.

– Exactement. Ce qui signifie que *vous connaissiez déjà* tout ce qui figure dans *Quelques observations**...

– Ce ne serait pas la première découverte scientifique faite pendant le sommeil.

– Mais ce qui est plus intéressant et même franchement bizarre, reprit Albini, c'est que le mémoire n'est pas complet. Relisez l'indication bibliographique : *Bulletin**, etc., etc., page trois cent vingt-cinq à trois cent quarante et un. Et à présent, reportez-vous à la fin. La page trois cent trente-sept est la dernière. Il en manque donc *quatre*.

Orobete ouvrit la brochure à la fin et pâlit.

– En effet, dit-il. Et il ne peut pas s'agir d'une erreur de pagination puisque la dernière phrase est inachevée : "*Une des premières conséquences serait**..." Qu'est-ce que ça veut dire ? Qu'est-ce qu'il s'est passé ?

Albini fixa un regard perçant sur le jeune homme puis sourit et répondit :

– Si vous regardez bien, vous constaterez que les quatre dernières pages, deux feuilles donc, ont été arrachées.

Orobete passa machinalement l'index sur la tranche de la brochure.

– Nous avons d'abord cru, poursuivit l'inspecteur, que c'était un exemplaire défectueux ; à l'imprimerie ou ailleurs, quelqu'un aurait pu en arracher deux feuilles. Mais nous avons téléphoné à tous ceux qui ont reçu le mémoire ce matin et ils nous ont tous donné la même réponse : les deux dernières feuilles ont été arrachées.

– Voilà pourquoi notre Américain de ce matin tenait à tout prix..., commença Dràghici.

Mais Albini l'interrompit :

– Exactement. Aucun des exemplaires qu'il a consultés n'était complet.

Orobete porta la main à son front et se mit à le frotter.

– Et alors ? demanda-t-il mollement en laissant retomber sa tête sur l'oreiller.

Albini interrogea une dernière fois le professeur du regard, puis se leva, déçu.

– Alors, répondit-il, ils affirment tous qu'ils ne savent pas comment on pourrait comprendre, et utiliser, l'ultime équation.

Dràghici s'approcha du lit.

– Je ne pense pas qu'il vous ait entendu, dit-il. Il dort.

VIII

Depuis un long moment déjà, il sentait une présence dans sa chambre et, non sans un pénible effort, il réussit à se réveiller. Au pied du lit, une femme le fixait tristement. Il leva la tête.

– Maman, murmura-t-il, n'aie pas peur, ils ne vont pas me tuer.

La femme continuait à fixer sur lui un regard perçant, sans dire un mot. Il tendit les deux bras vers elle et répéta :

– N'aie pas peur, maman, ils ne vont pas me tuer.

Il vit la femme se rasséréner et un sourire s'épanouir sur ses lèvres.

– Tu as beaucoup changé depuis que tu es partie, dit-il. Tu es pourtant restée toi-même, maman...

Le sourire modifiait doucement le visage de la femme. Orobete se tut. Il se couvrit l'œil d'une main et demeura ainsi pendant quelque temps, le souffle court. Puis il se décida brusquement, retira sa main et rouvrit l'œil. La femme était restée immobile au bout du lit et le regardait avec un mélange d'amour et de pitié. Avec pitié, pensa-t-il en voyant des larmes rouler lentement sur ses joues.

– N'aie pas peur. Puisque je te dis qu'ils ne vont pas me tuer.

Il se passa la main sur le front.

– Tu as beaucoup changé. Tu ressembles à la Sainte Vierge. A son icône de l'église Blanche... Ou plutôt non, tu ressembles à l'autre icône...

Sur le visage de la femme, qui s'éclairait peu à peu d'une incroyable lumière, il pouvait voir les larmes, de plus en plus étincelantes. Elle souriait et son regard se posait sur lui avec une telle intensité qu'il baissa la tête.

– Pourquoi ne veux-tu rien me dire ? demanda-t-il à mi-voix.

Quand il releva la tête, il sursauta vivement et fit le signe de la croix.

– Tu n'es pas ma mère. Tu es l'icône de la Sainte Vierge. Telle que personne ne l'avait encore jamais vue. Seule. Debout. Immobile... Il n'y a que tes larmes à être vivantes, que tes larmes.

Petit à petit, la figure de la femme avait tant changé qu'Orobete porta la main à sa bouche comme s'il redoutait de crier d'un instant à l'autre pour appeler l'infirmière. Telle qu'elle se tenait, immobile, pareille à une statue nimbée d'or, elle lui rappelait une Madone médiévale dont il avait admiré la reproduction peu avant Noël dans un album déniché par son camarade de chambre chez un bouquiniste. Seules les larmes continuaient à rouler, avec des scintillements de nacre.

– *Madonna Intelligenza !* s'écria-t-il, radieux, et il se signa encore une fois. Ce que m'a dit le Maître : sagesse, amour et immortalité... Mais ces larmes, *Madonna,* pourquoi ces larmes ?

Au même instant, le visage de la femme commença à perdre de sa lumière et son sourire à se faner.

– Tu ne me reconnais donc pas, Prince charmant aux yeux pleurant ? demanda-t-elle doucement en avançant d'un pas. Il n'est pourtant pas passé tellement d'années. Combien ? Huit ? Neuf ? Tu ne me reconnais pas ! Rappelle-toi : tu te fâchais quand nous nous mettions toutes à te crier :

Orobete Constantin
Vieux seigneur et roi chrétien !

Tu n'aimais pas ça, dit-elle en faisant un deuxième pas. Mais tu n'aimais pas non plus qu'on t'appelle "Prince charmant aux yeux pleurant".

– Je sais ! s'écria-t-il, ému. Irinel ! Irinel Costache... Mais qu'est-ce que tu fais là ?

– Je travaille ici, près de toi, au bout du couloir. Mais de nuit seulement. Je prends mon service après minuit... Prince charmant aux yeux pleurant ! Tu avais les plus beaux yeux d'homme que j'aie jamais vus.

– Ne m'en parle plus, je t'en prie. C'était écrit... Mais pourquoi veulent-ils me tuer ? demanda-t-il à brûle-pourpoint. Ce n'est pas que j'aie peur de la mort, au contraire. Mais je n'ai pas encore tout dit. Et je n'ai pas le droit de m'en aller avant de leur avoir dit ce qui nous attend.

Elle écrasa une larme et murmura :

– Nous savons tous ce qui nous attend.

– Irinel ! s'exclama Orobete, dis-leur de me relâcher, juste un mois ou deux, le temps de retrouver qui il faut. Je jure sur la tombe de ma mère de revenir dès que je l'aurai trouvé. Ce sera difficile – parce qu'il ne s'agit pas seulement de physique et de mathématiques, mais aussi d'imagination, de poésie, de mystique... –, ce sera difficile, répéta-t-il d'une voix soudain très lasse, mais je le trouverai. Dis-leur de me relâcher ! C'est trop important. Il y va de notre vie. Il y va *de tout...*

Il vit entrer le docteur Vlădut et laissa retomber sa tête sur l'oreiller, épuisé.

– Qu'est-ce qu'il dit ?

– Il délire, répondit l'infirmière à voix basse, sans quitter Orobete du regard. D'ailleurs, vous entendrez la bande, ajouta-t-elle en s'essuyant furtivement les yeux. Il a parlé de la Sainte Vierge et puis d'une jeune fille, une certaine Irinel qu'il a aimée...

– Combien de temps depuis la deuxième piqûre ?

– Cinq minutes à peine.

Orobete sourit, heureux. L'espace d'un instant, il fut tenté de leur dire : « Tout juste quatre minutes dix-huit secondes »... Mais à quoi bon le leur dire ? A quoi bon ?...

Il savait qu'ils s'étaient encore rassemblés autour de lui, mais il faisait semblant de dormir. Il entendit Albini chuchoter :

– On ne pourrait pas le réveiller ? Avec une piqûre de caféine ?

– Il y a un risque, dit Petrescu.

– Je sais, je sais. Mais, quel que soit le risque, je dois reprendre mon interrogatoire. J'ai des ordres.

Il entendit les pas du médecin s'éloigner dans le couloir, ouvrit son œil et sourit.

– A votre disposition, monsieur l'inspecteur. Mais je voudrais vous demander quelque chose, de mon côté. Ce n'est pas une condition, c'est une prière.

– Je vous en prie, dit Albini et il s'assit sur une chaise.

– Vous n'ignorez pas que la question est extrêmement sérieuse...

– C'est pourquoi je tenais à vous parler. Non seulement elle est extrëmement sérieuse, mais en plus elle est extrêmement urgente.

– Je sais. Ça explique d'ailleurs la visite impromptue du camarade Pavel Vassiliévitch Bogatyrov. Par conséquent, les Russes sont au courant aussi, constata Orobete sur un ton guilleret. Et malgré toutes ses précautions, vous l'avez surpris tout à l'heure dans le couloir en train d'enregistrer en cachette...

Albin pâlit, se pencha vers le jeune homme et lui demanda à l'oreille :

– Comment le savez-vous ?

– Ce brave académicien s'est d'abord rendu aux toilettes, il en est ressorti très vite et il est venu ici. Il connaissait le plan du pavillon et il portait une blouse blanche comme le personnel, chez qui il a certainement des complices... Mais il ne s'agit pas de ça pour le moment. Voici ma prière, elle est toute simple : rendez-moi ma liberté pendant quelques semaines, deux mois au maximum. Le temps de trouver l'homme qui comprendra et nous aidera. Ne craignez rien : ce n'est pas Ahasvérus. C'est *quelqu'un*, qui se trouve peut-être très près de nous, quelqu'un qui ait assez d'intelligence mathématique et en même temps assez d'imagination poétique pour comprendre la fin de la démonstration.

– Les quatre pages manquantes, fit Albini, amer. C'est justement pour vous en parler que je suis venu.

– Je l'avais deviné. Mais autorisez-moi à le chercher. Et, je vous en donne ma parole d'honneur, dès que je l'aurai trouvé...

– Je sais. J'ai écouté la bande : j'ai entendu ce que

vous avez dit à l'infirmière... Je dois d'abord faire mon rapport.

Orobete laissa retomber sa tête sur l'oreiller et sourit, mélancolique.

Tant pis, j'aurai fait mon devoir en vous le disant ; je vous l'ai dit pendant mon sommeil et je viens encore de vous le répéter... Mais quand je pense que nous risquons tous de périr ou de nous retrouver à l'ère secondaire, simplement parce que...

Il s'interrompit et haussa les épaules. Albini le regardait sans parler, indécis. Il sortit son étui à cigarettes et le fit tourner entre ses doigts.

– Il vaut mieux que je vous prévienne tout de suite, finit-il par dire, ça vous évitera une mauvaise surprise quand vous rentrerez chez vous. Nous avons fait une perquisition : on a ouvert votre coffre, examiné tous vos livres page par page, on a photographié vos cahiers, vos notes, vos calculs mathématiques, on les a étudiés. Bref, on a fouillé partout, sans lésiner sur les moyens, en appareils et en hommes. Mais on n'a rien trouvé qui puisse correspondre de près ou de loin à la démonstration que vous avez dû développer dans les quatre dernière pages du mémoire.

Orobete tourna la tête et regarda l'inspecteur avec une curiosité inattendue, teintée d'ironie.

– Si vous m'aviez interrogé, je vous aurais dit que vous ne trouveriez rien. Je vous avais d'ailleurs expliqué que je ne connaissais pas moi-même le contenu du mémoire. En rêve, peut-être...

– Eh bien, voilà justement le problème. Sur la base des pages accessibles du mémoire, nos mathématiciens ont réussi à déchiffrer une partie des enregistrements sur bande. Mais personne n'a réussi à comprendre le reste, c'est-à-dire ce qui correspond aux quatre dernières pages. Or, nous sommes sûrs que vous, qui savez de quoi il s'agit, vous réussirez.

– Que voulez-vous dire ? demanda Orobete, légèrement pâle.

– C'est bien simple, répondit Albini tout en ouvrant sa serviette. J'ai apporté un double de la transcription des bandes enregistrées depuis votre hospitalisation jusqu'à hier soir. J'ai fait un tri, évidemment : uniquement les pages ayant trait aux mathématiques et à la physique. Mais je les ai laissées dans leur contexte. Prenons par exemple la prophétie des sorciers mexicains : tout ce qui correspond aux analyses et aux démonstrations du mémoire a été corrigé et complété à l'encre rouge.

L'air ennuyé, Orobete fixa un regard lourd sur l'inspecteur, puis se frotta le front et murmura :

– Voyez-vous, je suis fatigué après toutes ces drogues. Mentalement, je veux dire. C'est à peine si j'ai réussi à comprendre, et en partie seulement, les dernières pages imprimées.

– Essayez quand même, essayez, insista Albini. Est-ce que vous vous rendez compte de ce que ça signifiera, ajouta-t-il en se levant, si nous sommes les premiers *à connaître* ce qu'aucun autre génie mathématique au monde n'a encore réussi à savoir ?

– Ça va être difficile. Ça va être très difficile, répéta le jeune homme et il reposa la tête sur l'oreiller.

Lorsqu'il se réveilla, quelques minutes plus tard, la chambre était vide. Il chercha l'exemplaire dactylographié laissé par l'inspecteur, mais ne le vit nulle part, pas plus sur sa table de chevet que sur son drap ou par terre. Il finit par sonner et une infirmière arriva.

– Il y a longtemps que le camarade Albini est reparti ? demanda-t-il.

– Il n'est pas encore venu aujourd'hui.

– Mais voyons, il était ici tout à l'heure et il m'a laissé un texte tapé à la machine ! Il m'a demandé d'essayer de le déchiffrer.

– Je vais demander au docteur, dit l'infirmière, une pointe d'affolement dans les yeux, et elle s'éclipsa aussitôt.

Orobete se prit la tête entre les mains.

– Il ne me reste plus que deux jours, murmura-t-il. Peut-être même pas. Peut-être un seul jour. Peut-être même moins...

... Puisqu'il n'est pas encore venu, se dit-il, il ne viendra plus. Les ordres ont sans doute changé, poursuivit-il à voix haute, afin d'être enregistré. Au début, ils ont tous cru accéder à la solution s'ils trouvaient le reste, les fameuses quatre pages. Ensuite ils ont eu peur – à juste titre. Tout comme pour les dernières paroles d'Einstein et la réponse donnée par Heisenberg. Si on les avait publiées, elles auraient provoqué la panique la plus terrible que l'humanité ait jamais connue. Apprendre du jour au lendemain qu'on risque de se retrouver à l'ère secondaire ! Les gens auraient perdu la tête, on aurait enregistré des suicides en masse, des crimes innombrables. Mieux vaut peut-être la sainte ignorance. Tout peut être connu, sauf l'avenir. Du moins *pour le moment*, de nos jours, précisa-t-il sur un ton amer. Par conséquent, le dossier apporté par Albini et toutes les autres copies ainsi que les bandes magnétiques seront vraisemblablement détruits. Je le répète : cela vaut peut-être mieux... Pourtant, reprit-il après une pause, il y aurait eu une autre solution : me laisser libre de *le* chercher. *Il ne peut pas ne pas exister !* Il se trouve peut-être à Bucarest, ici même, dans ce bâtiment peut-être. Personne n'a compris ce qu'il fallait comprendre dès le début : je ne suis qu'un messager, un avant-coureur. Je ne connaissais que l'ultime équation, moi. Je ne connaissais pas *la solution* qui pourrait nous protéger des conséquences de la découverte de l'ultime équation. Dieu m'a donné le génie des mathématiques, mais pas la véritable imagination créatrice, pas le génie poétique. Enfant, j'aimais déjà la poésie – mais toujours la poésie des autres. Si j'avais possédé le génie poétique, peut-être aurais-je trouvé la solution moi-même...

... Le problème n'est pourtant pas là, reprit-il après un long silence, la tête tournée vers la porte entrouverte. Il a été mal posé d'emblée : ils m'ont pris pour l'Autre. *L'Autre*, qui doit venir, et le plus tôt possible, afin que nous ne retournions pas en une fraction de seconde à la condition des reptiles de l'ère secondaire. Evidemment, ils auraient fini par le tuer aussi, mais s'il avait eu le temps de proclamer *la solution*, sa mort aurait été seulement exemplaire, et non pas tragique...

...Tragique, en échange, ma mort l'est bien, car je n'ai pas accompli ma mission. Un messager qui ne parvient pas à remettre son message ! J'exagère peut-être en disant tragique. Il serait sans doute plus approprié de parler d'une mort tragi-comique. Une tragi-comédie des erreurs et des confusions...

Il se tut longtemps, pensif, le regard toujours fixé sur la porte.

... Sans doute ne l'ont-ils pas encore convaincu, reprit-il d'une voix ferme. Combien de fois ont-ils pu le lui seriner depuis cet après-midi à trois heures jusqu'en ce moment où le soir descend déjà ? Ils le lui ont répété et encore répété : Ce sont les ordres, docteur. Il ne s'agit pas seulement de nous autres, Roumains, et de notre pays. Il s'agit du sort du monde entier. Tous les Grands sont intervenus, de l'Ouest comme de l'Est. Si nous ne nous soumettons pas, ils n'hésiteront pas à intervenir, *eux*, et le résultat sera finalement le même... Or, nous vous le répétons, ce n'est pas un assassinat, mais simplement un acte d'euthanasie. Pareillement à Eminescu, notre génial mathématicien est devenu fou. C'est ce qu'indiquent noir sur blanc les rapports de votre service, signés par le professeur Manole Drăghici : Les facultés mentales du camarade Orobete Constantin sont irrémédiablement ébranlées. Dans le meilleur des cas, il passera le restant de ses jours, sénile, paralysé, dans un asile d'irrécupérables...

... C'est vrai, docteur. Ce sont *eux* qui ont raison, pas vous. Et ce n'est pas votre piqûre qui me tuera. La dose a déjà dépassé les limites. La dernière piqûre, celle qu'ils vont bientôt vous persuader de me faire, n'aura d'autre effet que de précipiter ma fin. Une fin qui a commencé il y a pas mal de temps – quand on m'a amené ici. Je vous remercie, docteur Vlădut, de commencer à céder. J'espère que vous entendrez aussi cette dernière bande, avant qu'elle ne soit détruite avec les autres : vous saurez ainsi que je vous suis reconnaissant...

... Et à présent je dois me dépêcher. Puisque je n'ai pas réussi à transmettre *le message*, la seule chose qui comptait, je n'ai plus rien à ajouter. Je suis orphelin, je n'ai pas de famille, pas d'amis. Si possible, saluez de ma part le professeur Dorobantu et dites-lui qu'il avait raison ; il comprendra à quoi je fais allusion. Une chose encore, ajouta-t-il très vite, en pâlissant car des pas résonnaient dans le couloir. Priez le doyen d'annuler le renvoi de Dumitrescu et Dobridor. Dites-lui qu'ils n'y sont pour rien. Je vous en prie, je vous en supplie ! Ils ne sont pas coupables ! Ils ne savaient pas...

Fatigué, il se tut, la tête dans le creux de l'oreiller. Un instant plus tard, il entendait Vlàdut chuchoter à un inconnu resté immobile dans l'embrasure de la porte :

– Il dort. Il dort à poings fermés.

IX

Heureux, il descendait les escaliers du sanatorium, avec l'impression de les descendre depuis longtemps mais certain, quel que fût le nombre des étages de ce fabuleux bâtiment, de finir par arriver en bas, dans le jardin ou sur le trottoir.

– Je préférerais le jardin, murmura-t-il. Plus personne n'y est à cette heure-ci. Et c'est la nuit de la Saint-Jean. En plein cœur de la ville, elle demeure ce qu'elle a toujours été, la nuit de la Saint-Jean...

Et voici qu'il se trouvait dans le jardin, sur un banc, et il n'eut pas besoin de lever les yeux pour se rendre compte que le vieil homme venait de s'asseoir à ses côtés.

– Vous aviez raison, Maître. Il fallait que je revienne... Ne fût-ce que pour confirmer l'histoire de la pièce à la porte entrouverte...

– Pour ça seulement, Dayan ?... Bien que je ne croie plus avoir le droit de t'appeler Dayan, dit le vieillard en souriant. Tu as maintenant tes deux yeux comme jadis.

– C'est vrai ? Je ne m'en étais pas aperçu.

– Je continuerai pourtant à t'appeler Dayan, comme

je l'ai toujours fait... Alors, Dayan, tu dois te douter de ce qui m'amène.

– Je crains bien que oui.

Une seule question, la seule à laquelle je ne puisse pas répondre moi-même. Tu devines à quel sujet... Maintenant que tu as découvert l'ultime équation et que, heureusement pour moi – je suis égoïste, je l'avoue, mais j'en ai peut-être le droit, comme tout mortel –, heureusement pour moi, on n'a pas encore trouvé *la solution*, je voudrais te demander si l'espoir que j'ai fondé dans la prophétie des visionnaires aztèques...

– 1987.

– Oui... Si cette prophétie va se réaliser ou si je dois encore attendre, encore attendre...

Orobete tourna la tête et le regarda avec une infinie tristesse.

– Je n'ai pas le droit de répondre, Maître. Vous comprenez pourquoi...

Le vieil homme hocha la tête et sourit.

– Je comprends. Je comprends et je ne t'en veux pas... Mais nous devons maintenant nous séparer, dit-il en se levant lourdement. Tu connais le chemin ?

– Je le connais. Je connais également l'endroit. Ce n'est pas loin...

Palm Beach – Chicago
décembre 1979 – janvier 1980

DU MÊME AUTEUR

Aux Éditions Gallimard

TECHNIQUES DU YOGA, 1948 (Folio essais, nº 246)

LE MYTHE DE L'ÉTERNEL RETOUR. Archétypes et répétition, 1949 (*nouvelle édition revue et augmentée*, Folio essais, nº 120)

LA NUIT BENGALI, 1950 (Folio, nº 1087)

IMAGES ET SYMBOLES. Essais sur le symbolisme magico-religieux, 1952 (Tel nº 44)

FORÊT INTERDITE, 1955

MYTHES, RÊVES ET MYSTÈRES, 1957 (Folio essais, nº 128)

NAISSANCES MYSTIQUES. Essai sur quelques types d'initiation, 1959

MÉPHISTOPHÉLÈS ET L'ANDROGYNE, 1962 (Folio essais, nº 270)

ASPECT DU MYTHE, 1963 (Folio essais, nº 100)

LE SACRÉ ET LE PROFANE, 1965 (Folio essais, nº 82)

LA NOSTALGIE DES ORIGINES. Méthodologie et histoire des religions, 1971 (Folio essais, nº 164)

FRAGMENTS D'UN JOURNAL :

TOME I (1945-1969), 1973

TOME II (1970-1978), 1981

TOME III (1979-1985), 1991

INITIATION, RITES, SOCIÉTÉS SECRÈTES. Naissances mystiques. Essai sur quelques types d'initiation, 1976 (Folio essais, nº 196)

LE VIEIL HOMME ET L'OFFICIER, 1977 (L'Imaginaire nº 88)

OCCULTISME, SORCELLERIE ET MODES CULTURELLES 1978

LES PROMESSES DE L'ÉQUINOXE. 1907-1937, Mémoire I, 1980

LE TEMPS D'UN CENTENAIRE suivi de DAYAN, 1981 (Folio, nº 4652)

UNIFORMES DE GÉNÉRAL, 1981

LES DIX-NEUF ROSES, 1982 (Folio, n° 2825)

LES TROIS GRÂCES, 1984

À L'OMBRE D'UNE FLEUR DE LYS..., 1985

BRISER LE TOIT DE LA MAISON. La créativité et ses symboles, 1986, nouvelle édition en 1991

NOCES AU PARADIS, 1986 (L'Imaginaire n° 170)

LES MOISSONS DU SOLSTICE. 1937-1960. Mémoire II, 1988

COSMOLOGIE ET ALCHIMIE BABYLONIENNES, 1991 (Arcades n° 21)

CONTRIBUTIONS À LA PHILOSOPHIE DE LA RENAISSANCE suivi d'ITINÉRAIRE ITALIEN, 1992 (Arcades n° 27)

LA BIBLIOTHÈQUE DU MAHARADJAH suivi de SOLILOQUES, 1996

Ouvrage reproduit
par procédé photomécanique.
Impression Bussière
à Saint-Amand (Cher), le 10 octobre 2007.
Dépôt légal : octobre 2007.
Numéro d'imprimeur : 073053/1.
ISBN 978-2-07-034543-4./Imprimé en France.

150056